LA VILLE CAC

L'éditeur remercie Anne Terral
pour sa précieuse collaboration.

Titre original : *Ulysses Moore – La Città Nascota*
Texte : Pierdomenico Baccalario.
Couverture, illustrations et graphisme : Iacopo Bruno.
© 2008, Éditions Piemme S.p.A.,
via Tiziano 32, 20145 Milan, Italie.
Droits internationaux : © Atlantyca S.p.A.,
via Leopardi 8, 20123 Milan, Italie.
foreignrights@atlantyca.it

© 2010, Bayard Éditions pour la traduction française.
18, rue Barbès, 92128 Montrouge Cedex.
ISBN : 978-2-7470-3398-5
Dépôt légal : novembre 2010

Ulysse Moore

– VII –
La ville cachée

Traduit de l'italien par Anna Buresi

bayard jeunesse

Ce livre est dédié à ma mère.
C'est elle qui a commencé.

N. B. Les notes du carnet de Morice Moreau sont inspirées par celles du *Dictionnaire des lieux imaginaires* d'Alberto Manguel et Gianni Guadalupi, Actes Sud, 1998.

Chapitre 1

Le chat de Venise

Debout au milieu de la pelouse, Anita lança d'une voix flûtée :

– Mioli ! Mioli ?

Dressée sur la pointe des pieds, la bouche entrouverte, elle guettait le moindre bruit. Elle se tourna vers le puits en pierre : entendait-elle un pleurnichement ? un gémissement ? un froissement de feuille ? Non, rien de tout cela.

Son chat n'était pas non plus derrière le puits.

Anita passa la main dans ses cheveux et enleva l'élastique qui les tenait attachés. Ses longs cheveux

bruns et lisses lui arrivaient aux épaules. Elle se mordilla la lèvre. Devait-elle être fâchée ou inquiète ?
Il commençait à se faire tard ! Au-dessus d'elle, le ciel
de juin avait la couleur d'une écorce d'orange confite.
Un vent insolent soufflait de la lagune, faisant
ondoyer les glycines à peine fleuries et répandant une
douce odeur de lilas.

– Mioli ? insista-t-elle, tout en comprenant qu'il
était inutile de chercher le chat par ici.

Il avait probablement grimpé dans les troncs
noueux des glycines, marché sur les montants de la
tonnelle en fer forgé et escaladé une fois de plus le
petit mur en pierre de leur jardinet privé. Pratiquement sous ses yeux ! Car elle avait passé tout l'après-
midi à étudier, assise à la petite table, au beau milieu
du pré.

« Zut ! » pensa-t-elle.

Le vent agitait les pages de son livre d'histoire, qui
claquaient comme de vieux éventails.

Quand avait-elle vu Mioli pour la dernière fois ?
Cela faisait déjà un moment...

« Oui, mais quand, exactement ? » se demanda-
t-elle en triturant l'élastique entre ses doigts. Anita
n'avait jamais eu de montre. Sa notion du temps était
purement visuelle : quand le soleil commençait à

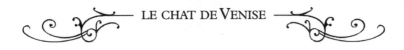

disparaître à l'horizon, incendiant la mer entre les vaporettos en route vers Mestre et Chioggia, cela signifiait que la journée touchait à sa fin.

Une escadrille de pigeons traversa le ciel dans un grand battement d'ailes. Un autre signe de l'approche du crépuscule. Il fallait se secouer ! Il n'y avait plus une minute à perdre.

Anita saisit son livre, son cahier et son stylo, et les fourra en vitesse dans son sac à dos. Puis elle traversa la cour resserrée de la vieille maison. L'antique demeure se dressait vers le ciel, avec ses trois étages de murs fissurés, ses hautes fenêtres étroites serties de bordures de pierre en ogive. Les échafaudages métalliques nécessaires à la restauration dépassaient des ouvertures béantes et noires, juste sous le toit.

Anita passa la porte de la maison. S'appuyant à la rampe de l'escalier exigu qui montait au premier étage, elle tendit l'oreille. Au loin, le transistor de sa mère, réglé sur une station de musique classique, comme d'habitude, déversait une mélodie connue. Le son des violons faisait naître des échos mélancoliques dans la cage d'escalier. Des fresques en recouvraient les parois, sombres peintures représentant des visages, des animaux, des silhouettes noyés dans l'ombre. Trois étages plus haut, le plafond, d'une

couleur or incandescente, était traversé par une grande fissure noire.

Pour l'imaginative Anita, cette lézarde était la racine d'un arbre.

«L'arbre du temps et de l'abandon, qui se nourrit d'espaces vides et de silence», murmurait-elle en suivant du regard le parcours de la crevasse jusqu'à la tache obscure où elle disparaissait. Dans cette flaque sombre, Anita croyait entrevoir de petites feuilles d'argent.

Elle avait toujours laissé galoper son imagination. C'était plus fort qu'elle. Même si les autres lui disaient qu'elle se faisait des idées.

En tout cas, ce soir, son chat avait bel et bien disparu !

– Mioli !

Elle n'entendit pour toute réponse que les violons du transistor et des cris éloignés venus du dehors. Du *fondaco*[1] ou du canal.

Elle monta les marches quatre à quatre en se tenant tout près de la rampe, résolue à ignorer les

---

1. Comptoir de commerce où les marchands étrangers étaient autorisés à entreposer et vendre leurs marchandises (au Moyen Âge et dans les siècles suivants). Parfois même, ils y vivaient. On en trouvait plus particulièrement à Venise, Gênes et Pise. *(N.d.T.)*

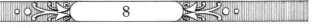

personnages des fresques. Une fois, elle s'était figuré qu'ils pouvaient la kidnapper ou, tout bêtement, l'attraper par le bas de sa robe. Depuis, elle n'arrivait plus à s'ôter cette idée de la tête. Elle grimpa aussi vite qu'elle put jusqu'au deuxième étage, où elle enjamba les plates-formes métalliques posées à même le sol. Ici, des échafaudages occupaient les pièces, s'élevant jusqu'au plafond.

Sa mère se trouvait tout là-haut, juste sous les poutres. Elle portait une blouse de travail tachée de pigments et de terre. Un bonnet en plastique protégeait ses cheveux blonds. Avec ses énormes lunettes jaunes, elle ressemblait à un horrible insecte.

La maman d'Anita était restauratrice. Depuis quelques semaines, elle était chargée de remettre en état cette antique demeure décorée de nombreuses peintures. Elle avançait avec patience, pan de mur par pan de mur, munie de petits ciseaux, de couteaux et de tampons d'ouate imbibés d'eau distillée. Elle grattait, frottait, nettoyait, et, peu à peu, les fresques revenaient au jour. Il lui faudrait au moins un an pour en venir à bout.

Et pendant ce temps-là, Anita resterait avec elle.

Elle avait été ravie d'emménager à Venise ; elle adorait passer ses après-midi à travailler dans cette vieille

bâtisse. Certes, celle-ci ne leur appartenait pas. Cependant, grâce au travail de sa mère, Anita avait l'impression que c'était un peu... leur maison de famille.

Elle surgit dans la pièce en criant :

– Maman ! Tu as vu Mioli ?

Sa mère ne l'entendit même pas. En équilibre sur la structure la plus élevée, elle était absorbée par son ouvrage et envoûtée par la musique du transistor.

Anita appela une deuxième fois. Puis elle renonça. Elle partirait seule à la recherche de son chat ! Elle déposa son sac à dos près de la porte, bien en vue, pour faire comprendre à sa mère qu'elle était sortie. Elle dévala l'escalier, retourna au jardin, et gagna la grille d'entrée. Elle déplaça le lourd bloc de fer qui la clôturait, et enfin, sortit dans la lumière dorée de Venise.

La vieille maison était connue des Vénitiens sous le nom de Ca' degli Sgorbi – maison des Monstres – à cause des peintures qui l'ornaient. Elle était située dans le *sestiere*[1] de Dorsoduro, le secteur le plus au sud. Selon les habitants, c'était là qu'on trouvait les

---

1. Chacun des « quartiers » de Venise, ville divisée en six parties (*sestiere* vient de *sesto*, qui signifie « sixième »). *(N.d.T.)*

derniers vrais Vénitiens. Anita Bloom n'était pas véni-tienne. Arrivée depuis quelques mois à peine dans la magique cité des eaux, âgée de douze ans, elle était la fille unique et choyée d'une restauratrice italienne et d'un banquier anglais. Celui-ci attendait à Londres de pouvoir les rejoindre. Comme il aimait le répéter : « Ce n'est pas une mince affaire de convaincre une banque londonienne de vous muter à Venise ! »

– Tu verras, Venise va te plaire ! avait-il dit à Anita lorsqu'elle était partie avec sa mère. Allons, va-t'en vite. Et ne pleure pas. Si jamais tu as le mal du pays, il y a un vol pour Londres toutes les heures !

« Il a dit vrai », pensa Anita, qui courait maintenant le long de la fondamenta di Borgo à la recherche de son chat. Elle ne regrettait pas du tout Londres ! Finalement, c'était son père qui avait pris l'avion pour venir la voir.

Elle se baissait pour inspecter le moindre renfon-cement, regardait sous les porches, au milieu des plantes grimpantes, sur les toits, au coin des chemi-nées à macarons. Elle interrogeait les passants : avaient-ils aperçu un chat blanc et noir avec une tache autour de l'œil ? Personne n'avait vu Mioli.

Anita s'éloignait de plus en plus de la maison des Monstres, happée dans le labyrinthe d'eau et de

lumière de la ville. Le soleil bordait de guirlandes embrasées le sommet des toits, et les façades des palais prenaient une couleur dorée.

– Mioli ! lança pour la énième fois Anita en débouchant sur le campo San Trovaso.

À Venise, une place s'appelle *campo* ; une rue *calle* ou *fondamenta*. Le campo San Trovaso, comme par miracle, était désert. Personne ne marchait sur l'espace blanc délimité par les arbres, l'ombre grise de la grande église, les zones de lumière qui s'amenuisaient sur le pavé. Il n'y avait qu'Anita, à la recherche de son chat disparu.

Elle s'arrêta. Cet étrange silence, inimaginable dans toute autre ville du monde, l'aidait à réfléchir.

Elle se repéra : sa maison se trouvait quelques numéros plus loin, dans la fondamenta située à sa gauche. Elle entrapercevait le haut de la tonnelle de glycines, du côté opposé à l'église. Si Mioli s'était échappé en suivant le mur, il avait pu escalader la gouttière de cette petite maison jaune, et puis longer les toits du vieux couvent pour sauter à terre...

– Pratiquement n'importe où, conclut-elle en regardant autour d'elle.

Et elle se remit à tripoter son élastique.

« Les chats ont leurs habitudes », se dit-elle.

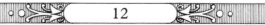

Il y avait donc un lieu où chercher Mioli en priorité : le squero[1] di San Trovaso, l'unique endroit de la ville où l'on fabriquait encore des gondoles. Trois semaines plus tôt, Mioli s'était réfugié dans le hangar, seul et apeuré, et s'était tapi au fond d'une embarcation.

Anita sourit en y repensant. «Je parie qu'il est retourné là-bas.»

Le squero di San Trovaso, au bord de la lagune, était une petite maison en bois qui semblait tombée tout droit des montagnes. La remise ne contenait que trois gondoles, calées sur autant de tréteaux de bois. Vu l'heure, le vieux chantier paraissait lui aussi désert.

Anita lorgna à travers les barreaux de la grille. Elle entendit des pas qui provenaient de la maisonnette. Dressée sur la pointe des pieds, elle appela :

– S'il vous plaît ! Il y a quelqu'un ?

Un constructeur de gondoles, un homme de haute taille, aussi courbé qu'une pince à clous, apparut. Elle lui demanda si, par hasard, il avait vu un chat.

---

1. Chantier naval ou abri où l'on construit, répare ou garde des embarcations de petite taille, en particulier les gondoles. *(N.d.T.)*

– Pas dans les parages, non ! répondit-il avec un fort accent vénitien.

Ôtant son chapeau, il marmonna :

– Va poser la question aux Vicentin, au numéro 89. Et souhaite qu'ils ne l'aient pas vu non plus !

Anita le remercia et s'éloigna au pas de course. Elle connaissait les Vicentin et savait bien qu'ils ne mangeaient pas les chats, comme on le prétendait. Elle ne s'inquiéta donc pas.

De toute façon, Mioli n'était pas chez eux. Où diable était-il allé se fourrer, cette fois ?

Anita le chercha partout. Rien. Rien. Toujours rien.

Elle avait besoin d'un coup de main !

Elle courut jusqu'au numéro 173, situé à gauche du 14 et à droite du 78. Rien de plus normal. À Venise, les numéros des rues suivaient un ordre mystérieux, un code secret que seuls les postiers connaissaient.

Parvenue devant le 173, elle recula un peu et leva les yeux. La fenêtre du deuxième étage, bordée de pierre claire, était ouverte. On voyait déborder du petit balcon d'à côté des œillets grimpants dont l'odeur entêtante éloignait les moustiques.

Comme il n'y avait pas de sonnette d'entrée, Anita mit ses mains en porte-voix et appela :

– Tommi !

Il y eut un bref remue-ménage, et un garçon aux grands yeux et aux cheveux châtains se montra à la fenêtre :

– Anita ! Attends, je descends t'ouvrir !

– Je ne peux pas monter ! Je cherche Mioli !

– Encore ?

– Ben, oui ! Tu peux m'aider ?

Les yeux de Tommi s'écarquillèrent encore :

– Bien sûr ! J'arrive !

Ce n'était pas une promesse en l'air. Aux bruits qui lui parvenaient, Anita put deviner chacun de ses mouvements. Là, Tommi se changeait à la vitesse de l'éclair ; là, il heurtait une table et faisait tomber une pile de livres ; maintenant, il sortait de sa chambre ; il traversait l'étroit couloir et dévalait l'escalier raide jusqu'à la cuisine.

Elle l'entendit inventer une excuse pour ses parents, batailler un instant avec le portail, puis, après une ou deux tentatives manquées, Tommaso Ranieri Strambi, dit Tommi, débarqua dans la rue tel un soldat à l'appel du clairon.

– Il y a longtemps qu'il a disparu ? demanda-t-il en finissant d'enfiler un pull sur sa chemise chiffonnée.

– Je ne sais pas trop… Depuis une heure ou deux. Peut-être plus.

Tommi fourra les mains dans ses poches de pantalon et en tira au fur et à mesure : une boussole, un chronomètre, une paire d'hameçons avec fils à pêche, un paquet d'allumettes inflammables même sous l'eau, un canif suisse et une boîte en fer-blanc pleine de biscuits.

– J'ai une idée, déclara-t-il en brandissant la boîte. On va l'attirer avec ça ! Ma grand-mère prétend qu'aucun chat ne résiste à l'odeur des biscuits à la vanille !

Ils rebroussèrent chemin, traversèrent rapidement le campo San Trovaso, où les ombres s'allongeaient, conférant au lieu un aspect de plus en plus spectral. Anita appela Mioli encore une fois ou deux, pendant que Tommi agitait dans l'air les irrésistibles biscuits parfumés. Il en émietta un ou deux derrière lui, et cette méthode leur permit d'appâter quatre chats.

Mioli n'était pas parmi eux.

Ils se rapprochèrent de la maison des Monstres en jetant un coup d'œil par-dessus les murettes, sous le pont qui franchissait un canal, dans les petits escaliers des points d'accostage. Rien.

– Quel idiot, ce chat ! soupira Tommi, expédiant à la volée les dernières miettes de gâteau.

Parvenu devant la porte de la maison, il s'immobilisa. Il examina la façade, comme si l'enduit écaillé des murs de briques représentait une sorte de carte de pirates, avec des côtes, des îles et des criques secrètes à découvrir.

De l'extérieur, la maison des Monstres en imposait. Elle dépassait d'un étage ses voisines, et une grande lucarne divisait en deux le toit en pente, orné d'une frise en marbre. Elle possédait six cheminées, toutes penchées. Ses fenêtres étaient closes, et deux grands M entrelacés comme des sarments de vigne surmontaient son entrée.

– En avant, Tommi ! décida Anita. Mioli est peut-être à l'intérieur.

– Ta mère est encore là ?

– Je pense que oui...

Anita ouvrit le portail grinçant. Voyant que le garçon hésitait à la suivre, elle l'apostropha :

– Eh bien, qu'est-ce qu'il y a ?

– Tu le sais parfaitement, répliqua Tommi. Cette maison... a mauvaise réputation.

– Arrête avec ça ! protesta Anita.

Ils traversèrent la cage d'escalier pour sortir dans l'étroite cour intérieure. Tommi regardait furtivement

autour de lui, impressionné par les fresques qui ornaient les murs.

– Quand vas-tu en finir avec ces superstitions ?

– Ce ne sont pas des superstitions. Rappelle-toi qu'on est dans la maison des Monstres et...

– Ma mère dit qu'on l'appelle aussi Maison Morice Moreau, le coupa Anita.

Tommi haussa les épaules et désigna les parois :

– Les Vénitiens la surnomment la maison des Monstres à cause de toutes les horreurs que ce toqué a peintes sur les murs.

– C'était un artiste, souligna Anita. Un grand peintre et illustrateur français. D'après maman, Morice Moreau a mis sept ans à décorer cette maison.

– Oui. Et après, on l'a trouvé pendu !

– Tommi !

– C'est la vérité.

– Non, c'est faux ! explosa Anita. Il est mort de vieillesse.

– Qui a mis le feu à son atelier du dernier étage, alors, hein ?

Elle ne répondit pas. Elle se contenta de regarder, depuis le jardin, l'intérieur du fronton. Le mur de briques s'était renflé au fil des ans, à cause de l'humidité ; à présent, il saillait telle une énorme bedaine.

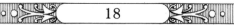

C'était l'étage qui se situait au-dessus du plafond doré avec la grande fissure. Là-haut, on voyait encore une large tache sombre, une traînée de suie qui recouvrait tout. Il y avait eu un incendie, en effet, et une partie de la maison avait brûlé. Mais ça remontait à des années. Allez savoir combien...

Et allez savoir pourquoi ça avait brûlé...

« Il ne s'est pas pendu », pensa Anita.

Tommi s'approcha d'elle et chuchota :

– Elle fiche quand même la frousse, cette maison...

– Un peu...

Son ami désigna le toit calciné :

– Tu es déjà montée au dernier étage ?

Anita fit signe que non :

– Maman dit que c'est dangereux, que certaines poutres risquent de s'effondrer. Il faut d'abord qu'il soit restauré par une entreprise.

Ils restèrent songeurs un instant. Finalement, Tommi sortit un nouveau biscuit de sa poche, et Anita sourit :

– Ah, oui, Mioli !

Et ils reprirent leurs recherches.

Anita et Tommi explorèrent les moindres recoins du jardin. Tommi monta même sur le petit mur qui

servait d'appui à la tonnelle de glycines, pour vérifier si le chat n'était pas tout bêtement resté enfermé dans la cour du voisin.

– Qu'est-ce que tu vois ? lui demanda Anita, d'en bas.

Accroupi au sommet, Tommi balaya toutes les directions de son regard myope.

– Viens jeter un coup d'œil toi-même, répondit-il en lui tendant une main pour l'aider à grimper.

Anita la saisit et se hissa à côté de lui.

Elle découvrit alors un dédale de murs et de murets, d'arbres en fleurs, de terrasses, de maisons étroites et hautes, de palais, de toits, de voûtes et d'arcades. Un labyrinthe aux mille entrées et aux mille issues.

– Tu comprends le problème ? fit Tommi.

Découragée, Anita soupira :

– Il a pu filer n'importe où.

– Il reviendra, tu verras.

– Tu crois ?

– J'en suis sûr. Et puis, il ne court aucun danger. Ici, il ne risque pas d'être écrasé par une voiture.

Tommi laissa un biscuit à la vanille sur le muret. Ils descendirent à terre en se tenant aux montants de la pergola.

– Pourvu qu'il ne soit pas tombé dans le puits…, s'inquiéta Anita.

– Impossible, répliqua Tommi.

Ils allèrent quand même vérifier, à tout hasard. Le puits en pierres claires était presque aussi haut qu'eux, et condamné par une grille de fer. Tommi tira de ses poches miraculeuses une torche électrique et la braqua entre les barreaux.

Il n'y avait au fond du puits que des détritus, jetés là du temps où la maison était inhabitée.

– Tu vois bien !

Anita hocha la tête.

Ils regagnèrent la maison. Mais Tommi ne suivit pas son amie dans l'escalier.

– Mioli s'est peut-être caché quelque part à l'étage ! fit-elle valoir.

– Ta mère ne veut pas que je monte.

– Maman veut que *personne* ne monte, Tommi. Elle travaille, et elle n'a pas envie qu'on touche à ses affaires.

– Donc, il vaut mieux que je ne vienne pas.

– Sois franc, dit Anita, se retournant vers lui. C'est une excuse, hein ?

Tommi examina les étranges peintures des parois. Un monstre avec un seul œil qui représentait peut-être

Polyphème[1] ; les tentacules d'une pieuvre ; les écueils des Errantes qui provoquaient le naufrage des navires...

– Peut-être, reconnut-il. N'empêche, il paraît qu'il s'est passé de drôles de choses ici...

Un bruit métallique retentit à l'étage supérieur. Puis un autre.

– Tu as peur, c'est ça ? demanda Anita.

– Non, je n'ai pas peur ! C'est juste que...

Tommi se tut brusquement et écarquilla les yeux : au sommet de l'escalier, derrière Anita, une silhouette blanche, avec d'énormes yeux jaunes, venait d'apparaître.

– Attention ! cria-t-il en reculant d'un pas.

Le fantôme aux yeux jaunes se figea. Puis la mère d'Anita enleva ses lunettes de protection, et lâcha :

– C'est moi, Tommi ! Fini le boulot... J'ai terminé pour aujourd'hui !

Elle se débarrassa de sa capuche, déboutonna sa blouse de travail. Enfin, elle ôta ses gants et les jeta par terre.

---

1. Le plus célèbre des Cyclopes, fils du dieu Poséidon. Dans *l'Odyssée* d'Homère, Ulysse l'enivre et perce son œil unique à l'aide d'un pieu pour pouvoir lui échapper avec ses compagnons. *(N.d.T.)*

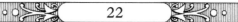

– Euh…, bonsoir madame, balbutia Tommi lorsqu'elle passa devant lui.

Effleurant les cheveux de sa fille, Mme Bloom demanda :

– Qu'est-ce que vous complotez tous les deux ?

– On cherche Mioli, répondit Anita.

– Satané chat ! Il s'est encore caché ?

– Sans doute.

– Il n'a sûrement pas été kidnappé ! s'amusa sa mère. Quoi qu'il en soit… on s'en occupera demain.

– Mais maman…

– Ah, non, Anita ! J'ai travaillé toute la journée. Je suis fatiguée, je suis sale, et je n'ai qu'une envie : prendre une douche et manger un morceau.

Déçue et inquiète, Anita leva les yeux vers le haut de l'escalier.

– Il reviendra, voyons, la rassura sa mère. Quand tu viendras faire tes devoirs demain après-midi, tu le trouveras en train de t'attendre dans le jardin.

Anita quêta un peu de réconfort dans le regard de Tommi. Mais le seul ami qu'elle eût à Venise, gêné d'avoir pris sa mère pour un fantôme, gardait la tête basse, pressé de s'en aller.

Nom : **Anita Bloom**

Lieu et date de naissance : Londres, le 25 juin

Âge : 12 ans

Lieu de résidence : Venise, non loin de la maison
des Monstres, à Dorsoduro.

Signes particuliers : Rêveuse, dotée d'une prodigieuse mémoire :
il lui suffit de voir une chose une fois pour ne plus l'oublier.
Elle a trouvé Mioli, son chat, dès son arrivée à Venise.

Chapitre 2

La drôle d'histoire du pendu

Tommi, Anita et sa mère sortirent tous les trois devant le canal di Borgo et refermèrent la porte de la Maison Morice Moreau. Le vent s'était levé. Il soufflait fort depuis la lagune, apportant avec lui les parfums de l'île de la Giudecca et des papiers abandonnés qui voltigeaient tels des lutins.

Tommi devança Anita et sa mère, soulagé de quitter sain et sauf cette bâtisse qui l'effrayait tant.

Anita, elle, n'en avait pas peur. Pour son esprit imaginatif, ce lieu étrange et original avait une réelle personnalité : les six cheminées figuraient des touffes

de cheveux ébouriffées ; le balcon, une bouche souriante ; les caves de part et d'autre du portail, les joues rebondies d'un visage insolent.

– D'après Tommi, l'ancien propriétaire de la maison s'est pendu au dernier étage, déclara-t-elle de but en blanc.

Rouge d'embarras, son ami protesta :

– Anita ! Ce n'est pas vrai !

– Si, tu l'as dit !

Mme Bloom referma le dernier cadenas de la chaîne qui barricadait l'entrée. Puis, tout en s'éloignant avec les deux enfants, elle déclara en riant :

– Ce ne sont que des bêtises ! Qui t'a raconté ça, Tommi ?

– C'est un bruit qui court.

– Ce n'est qu'une invention, alors. Il ne s'est pas pendu, n'est-ce pas ? insista Anita.

– Bien sûr que non ! Morice Moreau est mort chez lui, de vieillesse, comme il le souhaitait, affirma sa mère.

Elle s'arrêta et se retourna pour désigner les ornementations blanches de la lucarne :

– Il est mort là-haut, dans son atelier, après avoir bu un thé chaud. Il paraît que ses dernières paroles ont été : « J'ai vu trop de beauté. »

– Tommi prétend que la maison porte malheur.

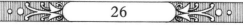

– Anita ! s'insurgea une nouvelle fois Tommi.

Il n'était pas habitué à ce qu'on se confie si facilement à une grande personne. Avec sa propre mère, en tout cas, c'était inimaginable !

– Tu le penses vraiment ? lui demanda Mme Bloom.

Il tenta de se défendre :

– Non, mais… À Dorsoduro… avant votre arrivée, bien sûr… on nous interdisait de jouer à la maison des Monstres. Enfin… devant la maison, quoi.

– Et je parie que vous y alliez quand même…

– Oui, reconnut Tommi. C'était un peu comme un défi, une… preuve de courage. Il fallait lancer le ballon dans la cour et… aller le récupérer sans que… enfin… sans que le singe…

– Quel singe ? insista Anita en le voyant hésiter.

– Ben… en fait… on pensait… qu'un singe habitait là, marmonna-t-il.

Cette fois, ce fut Anita qui éclata de rire :

– Un singe ? À Venise ? Elle est bien bonne, celle-là !

– C'est pourtant vrai, observa sa mère.

Tommi écarquilla les yeux.

– Morice Moreau possédait réellement un singe lorsqu'il est venu vivre ici, expliqua la restauratrice. Un macaque de Gibraltar auquel il était très attaché. Il l'a même peint.

– Ah, oui ? Où ça ? demanda vivement Anita.

– Parmi les fresques que je suis en train de restaurer. Quand Morice Moreau est mort, dans son fauteuil, c'est son singe qui a prévenu les voisins...

– Quelle histoire !..., murmura Tommi.

– Qu'est-ce qu'il est devenu, ce singe ? s'enquit Anita.

Mme Bloom haussa les épaules :

– Mystère... Selon certains, il aurait provoqué l'incendie qui a partiellement dévasté le dernier étage.

– Hallucinant ! s'exclama Anita.

Tout à coup, elle se figea : elle avait oublié son sac à dos. Elle regarda sa mère et s'aperçut qu'elle ne l'avait pas pris avec elle.

– Maman..., commença-t-elle en la tirant par la manche.

– Quoi ? Que veux-tu, Anita ?

– J'ai besoin des clefs. J'ai laissé mon sac à dos dans la maison.

– Il te le faut absolument ?

– Mes devoirs pour demain sont dedans.

Le trio fit demi-tour. Une obscurité diffuse enveloppait maintenant les petites maisons serrées les unes contre les autres. Le ciel violet était bordé de gris, gagné par la première obscurité de la nuit. À l'ouest,

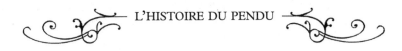

on distinguait déjà l'esquisse blanche d'un croissant de lune.

– J'ai envie de rentrer, ma petite chérie, soupira Mme Bloom.

– Je retourne le chercher toute seule, alors, décida Anita.

– Tu ne sais pas ouvrir les cadenas.

– Mais si, je sais. Je serai plus rapide que l'éclair ! J'arriverai à la maison avant toi !

Les clefs quittèrent la poche de Mme Bloom pour passer dans la main de sa fille.

– Sois prudente en montant l'escalier, recommanda la restauratrice. Il n'y a pas de lumière.

Anita décocha un coup d'œil à Tommi, qui, d'un imperceptible signe de tête, refusa de l'accompagner.

Elle lui dit au revoir et retourna vers la maison des Monstres sans un regard en arrière.

Quand elle tâtonna pour choisir les bonnes clefs et ouvrir les cadenas, elle s'aperçut qu'elle avait le souffle court et la gorge serrée. Ce n'était pas d'avoir couru ! Elle sentait qu'il allait se produire quelque chose. Quelque chose d'important.

Anita s'engagea dans l'escalier glacial plongé dans l'ombre. Baignée de silence, la maison de Morice

Moreau paraissait plus vaste encore, comme dilatée par la nuit.

Anita commença son ascension. Les marches du bas étaient trop petites pour être franchies aisément une à une, mais trop hautes pour qu'on les monte deux par deux. La progression était donc malcommode. Elle s'efforça de ne pas regarder les figures peintes, ni les grands serpents qui semblaient enlacer dans leurs anneaux les fenêtres du premier étage. Ce n'étaient pas vraiment des serpents, mais des créatures mythologiques, lui avait expliqué sa mère. Ainsi pouvait-on découvrir les sirènes, Charybde et Scylla, la première expédition des Argonautes sur leur navire et le chêne sacré d'Athènes, dont le bois était doué de parole.

«Oui, sûrement. Mais je m'y intéresserai une autre fois...», pensa Anita.

Sur sa lancée, elle dépassa le premier étage, dont toutes les pièces étaient fermées, et atteignit au pas de course le deuxième étage. Celui des échafaudages.

Si le premier étage était plutôt bas, le deuxième avait au moins trois mètres et demi de hauteur de plafond. Mme Bloom avait monté les structures dans le grand salon qui donnait d'un côté sur le jardin, et, de l'autre, sur la terrasse surplombant le canal de Borgo. C'était la plus vaste salle de la demeure.

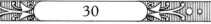

Anita plissa les yeux, s'efforçant de percer l'obscurité : ouf, son sac à dos était bien là où elle l'avait laissé, près de l'entrée du salon.

À l'intérieur de la pièce, l'échafaudage se dressait tel un géant de métal. Pinceaux, seaux d'eau, spatules et pots d'enduit... Le tout formait un amas indescriptible.

Anita prit son sac. Elle s'apprêtait à redescendre quand elle crut entendre quelque chose. Un...

Non, c'était plutôt...

Un miaulement ?

– Mioli ? fit-elle d'une toute petite voix.

Elle se figea sur le palier du deuxième étage, à l'écoute. La maison respirait doucement, absorbant les dernières lueurs du jour. Des rais de lumière filtraient encore par les volets clos. Là où ils venaient caresser les parois, les peintures semblaient, lentement, prendre vie.

Anita ferma les yeux, s'efforçant de contenir son imagination. Elle n'avait rien à craindre ici : elle se trouvait dans la vieille maison d'un illustrateur du siècle passé, mort depuis longtemps et qui...

Tout à coup, elle l'entendit encore. Le même bruit.

Elle rouvrit les yeux et crut apercevoir quelque chose, qui jaillit à toute vitesse entre ses pieds.

– Ha ! cria-t-elle, mettant une main sur sa bouche.

Avait-elle vu... le singe ? Le macaque de Gibraltar ?

Allons, il n'y avait plus de singe ici. Et depuis longtemps ! Elle était tout simplement à Venise, dans une maison en cours de restauration, aux nombreuses et splendides fresques.

Il n'empêche... Elle distinguait devant elle les museaux allongés d'étranges animaux griffus, perchés sur les branches d'un arbre dont les racines pendaient dans le vide...

Tac, tac, fit le bois au-dessus de sa tête. Il y eut ensuite un miaulement très net. Anita scruta l'endroit où les marches semblaient rejoindre le plafond doré transpercé d'une fissure. C'était de *là* que provenait le bruit.

Tac, tac.

De petits pas sur le vieux bois.

– Stupide chat... Ne me dis pas que tu es monté là-haut !

Là-haut se trouvait l'atelier du peintre. La pièce où il était mort après avoir bu son dernier thé. L'atelier brûlé. Derrière la lucarne, sous les six cheminées tordues.

Sa mère l'avait prévenue : il faisait en effet très sombre dans cette maison. Anita agrippa la rampe,

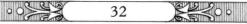

gravit une marche et leva les yeux. Elle ne discerna que du noir, mêlé de réverbérations dorées.

Tac, tac.

Son cœur battit plus fort, plus vite.

Anita se mit à monter, une marche après l'autre, sans jamais lâcher la rambarde. En regardant vers le haut, surtout pas vers le bas. Quand elle parvint presque au sommet de la première volée de marches, le chat miaula encore.

Elle voulut lui parler, mais sa gorge restait nouée. Elle grimpa donc jusqu'au palier intermédiaire, où l'escalier formait un coude ; là, elle aperçut enfin la porte disjointe.

Une chaîne et un cadenas interdisaient l'accès de l'atelier.

Le chat était sans doute derrière la porte. On l'entendait gratter.

Elle fit une pause pour s'assurer qu'elle n'avait pas laissé tomber les clefs, puis elle reprit son ascension. Ses mains tremblaient, son cœur battait à grands coups.

Les dernières marches furent les plus difficiles à franchir. Allez savoir pourquoi, il lui avait traversé l'esprit que ce n'était pas Mioli qui grattait à la porte. Et elle n'arrivait plus à s'ôter cette idée de la tête.

Arrivée devant l'atelier, Anita appela son chat. Il miaula doucement. Soulagée, elle s'exclama à mi-voix :

– Mioli ! Mais comment es-tu arrivé là ?

Il lui sembla entrevoir, par une fente, une boule de poils blanche et noire qui faisait le va-et-vient.

– Ne t'inquiète pas, je suis là. Je vais t'ouvrir. Donne-moi juste le temps de prendre la bonne clef... et on rentre à la maison.

« Oui, vite, à la maison ! » se redit-elle en évitant de se retourner. Soudain, elle crut deviner une présence derrière elle. Elle la sentait. Ça provenait des fresques. Pourtant, elle ne tourna pas la tête. Elle essaya une clef.

Ce n'était pas la bonne. La suivante non plus.

Mioli miaula plus fort. Anita ne trouvait toujours pas la bonne clef. Derrière elle, quelque chose ricana.

– Oh, que ça m'énerve ! s'exclama-t-elle, furieuse.

Elle flanqua un coup de pied dans le battant en bois, et le bruit résonna longuement dans l'escalier. Puis elle prit une grande inspiration.

Mioli se taisait à présent. Le halo de lumière s'était évanoui. La nuit était là.

Anita se boucha les oreilles et écouta son cœur, dont le battement sourd pulsait contre ses paumes.

Quand elle fut calmée, elle s'aperçut qu'on montait dans l'escalier.

Ce n'était pas le fruit de son imagination, cette fois.

Alors, là, non! On entendait des pas. Ça faisait froid dans le dos! Qui pouvait bien grimper jusqu'ici?

Anita attendit en silence, le front contre la porte, espérant que les pas finiraient par s'évanouir.

Des pas. Encore des pas. Toujours des pas. Ça ne s'arrêtait pas.

Elle se décida à se retourner. Personne. Elle s'approcha de la rampe et se pencha.

Une ombre approchait... Anita reconnut son ami et lâcha un soupir de soulagement:

– Tommi!

– Anita! Qu'est-ce qu'il y a? C'était quoi, ce bruit? s'écria le garçon.

«Le coup dans la porte», pensa-t-elle en fermant brièvement les yeux. Ouf, ce n'était que son copain Tommi. Pas un fantôme, ni un chevalier, ni un voyageur surgi du passé. Encore moins un singe. Juste Tommi, tout essoufflé, au pied des dernières marches.

– Et toi, qu'est-ce que tu fais ici? demanda-t-elle.

– Tu ne revenais pas, alors je suis venu voir ce qui te retardait.

– Il est là, derrière, indiqua Anita.

– Qui ? demanda Tommi.

– Mioli. Je l'ai entendu miauler.

Tommi s'élança au sommet de l'escalier.

– Alors, attrapons-le en vitesse. On n'y voit pratiquement plus rien.

– La porte est fermée, dit Anita en lui passant le trousseau de clefs.

Grâce à son stylo-torche, Tommi repéra le cadenas et réussit à l'ouvrir après un ou deux essais. Il donna du mou à la chaîne : cela suffit pour que la porte s'entrouvre. Un petit chat blanc et noir, mort de peur, jaillit de l'entrebâillement.

– Enfin, te voilà ! s'exclama en riant Anita.

Mioli bondit et se pelotonna dans ses bras, en quête de protection.

Tommi, qui avait encore la main sur la poignée, se garda bien de jeter un coup d'œil à l'intérieur. Il resserra la chaîne et fit claquer le cadenas.

Une minute plus tard, les deux amis se retrouvaient dehors, dans la fraîcheur du soir, et longeaient le canal di Borgo.

De nombreuses lumières s'étaient allumées.

Chapitre 3

Le peintre français

– Quel genre d'homme était-ce ? demanda Anita,
un peu plus tard ce soir-là.

Elle dormait dans la même chambre que sa mère,
dans le même grand lit – bien que son père désap-
prouvât cette habitude. C'était un lit gigantesque,
avec trois immenses matelas superposés qu'il fallait
escalader pour se coucher. Mais, une fois dedans, on
se sentait comme enveloppé dans un gros cocon
reposant, et on n'avait plus envie d'en sortir.

– De quel homme parles-tu ? répondit Mme Bloom,
abaissant son livre.

Elle lisait toujours le même, jusqu'à une heure tardive. « C'est peut-être un livre sans fin », pensait Anita.

Roulant sur le côté, elle regarda sa mère droit dans les yeux.

Mme Bloom était enveloppée par la lumière tamisée de la lampe. Ses cheveux sentaient bon le shampooing. Les branches de ses lunettes avaient l'air de bâtonnets dorés.

– On croirait Virginia Woolf, commenta Anita.

Sa mère eut un petit rire :

– Tu devrais dormir, à cette heure, non ?

– Je n'ai pas sommeil !

Mme Bloom glissa le marque-page à l'endroit qu'elle avait atteint et allongea le bras vers la table de chevet pour éteindre la lumière.

– Tu m'as posé une question. De qui parlais-tu ? demanda-t-elle.

– De Morice Moreau, précisa Anita. Il était comment ?

Après un déclic, la pièce fut plongée dans le noir. Les yeux d'Anita s'accoutumèrent vite à la pénombre, et elle distingua les formes des objets grâce à la clarté laiteuse venant de la fenêtre. Elles dormaient toujours en laissant les persiennes ouvertes.

– C'était un personnage très original, vraiment à part, répondit sa mère en remontant les draps jusqu'à son menton. Il illustrait des livres pour les enfants.

– Ah, oui ? Quel genre de livres ?

– Surtout des récits de voyages. Comme… les *Voyages de Gulliver*. Tu connais ?

– L'histoire avec l'île de Lilliput et l'île des Géants ?

– Exactement. Et puis il a aussi illustré les voyages du chevalier Mandeville[1]. Et *Le Livre des Merveilles du Monde* de Marco Polo, continua Mme Bloom.

– Le Vénitien qui est allé en Chine. Tommi m'a montré sa maison, révéla Anita en se calant sur l'oreiller. Mais il m'a expliqué qu'il n'avait pas vraiment habité là.

– Peu importe que ce soit sa vraie maison ou pas, observa sa mère. Ce qui compte, c'est la *manière* d'envisager les choses. Si nous avons envie de la croire vraie… alors, elle l'est, voilà tout.

– Mais Tommi dit…

– Il en dit des choses, Tommi ! fit Mme Bloom en riant.

---

1. Sir John Mandeville (Jehan de Mandeville) est l'auteur du *Livre des merveilles du monde*, récit (parfois emprunté à d'autres auteurs) de ses voyages en Orient. Publié à la fin du XIVe siècle, il fut traduit dans de nombreuses langues et eut une énorme influence. *(N.d.T.)*

Comprenant l'allusion, Anita rit à son tour. Il y eut un moment de silence. Puis elle reprit :

– C'est vrai qu'il avait un singe ?

– Anita... essaie donc de dormir ! s'exclama sa mère.

– C'est la vérité, oui ou non ?

– Oui. Il l'a ramené à son retour d'Afrique, lorsqu'il a franchi le détroit de Gibraltar.

– Il est allé en Afrique ?

– Et dans beaucoup d'autres endroits. C'était un grand voyageur.

– Il a peint tous les lieux qu'il a visités ? voulut savoir Anita.

– Plus ou moins, lui répondit sa mère en bâillant. Disons qu'il a représenté les choses qui lui plaisaient, sans se soucier de les avoir réellement vues ou pas.

– Mais toi, tu sais où il est vraiment allé ?

– Laisse-moi travailler encore un mois ou deux : quand j'aurai rendu leurs vraies couleurs à ses fresques, je le découvrirai peut-être ! Et maintenant, bonne nuit !

– Bonne nuit.

Au bout d'un instant, pourtant, une petite voix s'éleva :

– Maman ?

– Quoi ?

– Tu me montreras le singe, demain ?

– Anita...

– Tu dis qu'il l'a peint. Tu me montreras où ?

– Anita, voyons, tu...

– S'il te plaît !

– Anita ! Il est presque minuit ! Demain, tu vas à l'école, et...

– Je veux juste voir la tête qu'il a !

– C'est impossible. Il est au plafond.

– Je monterai avec toi sur l'échafaudage.

– Ton père ne...

– Oh, maman !

– Bon, si tu y tiens...

– Promets-le-moi !

– Je te le promets.

Et Anita s'endormit enfin.

La matinée suivante passa comme dans un rêve.

Anita rentra de l'école pleine d'impatience. En arrivant chez elle, elle trouva son déjeuner prêt à réchauffer, accompagné d'une ribambelle de mots : les recommandations de sa mère. Elle ne les lut pas, et, pour gagner du temps, avala son repas froid.

Après avoir vérifié dans son cahier de textes quels étaient ses devoirs pour le lendemain, elle choisit les livres et les cahiers dont elle avait besoin, et les mit dans son sac à dos.

– Prêt pour le départ ? demanda-t-elle à Mioli, juché sur le réfrigérateur.

Elle l'attrapa et le fourra dans la poche de sa parka. Mioli se retourna pour se mettre à l'aise, laissant dépasser ses deux petites pattes et son museau blanc.

– On y va !

Anita s'éloigna dans la rue, traversa un petit pont et déboucha dans la fondamenta di Borgo ; elle la remonta presque en courant, tandis que Mioli se cramponnait fermement au rebord de la poche.

Sous la lumière limpide du début d'après-midi, avec cette foule de gens sur les bords du canal, et les embarcations du marché flottant débordantes de légumes, la maison des Monstres n'avait rien d'effrayant. Ce n'était qu'une vieille demeure vénitienne au toit bordé de pointes blanches, altérée par les marques du temps. Ce jour-là, Mme Bloom avait ouvert tous les volets.

Anita se glissa dans la cage d'escalier inondée de clarté. Le soleil entrait à flots par les fenêtres, et des particules de poussière dansaient dans sa lumière.

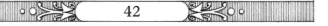

Anita gagna le jardin et passa sous la tonnelle de glycines, laissant son sac à dos près de la petite table.

Mioli bondit hors de la poche.

– Sois sage ! lui recommanda sa jeune maîtresse. C'est compris ? Je n'ai pas envie de te courir après dans toute la ville, comme hier !

Le chaton releva le museau, puis se mit à lécher ses poils. Un geste qu'Anita interpréta comme un « oui ».

– Ça vaut mieux pour toi, ajouta-t-elle avant de revenir sur ses pas et de grimper l'escalier à la recherche de sa mère.

Elle n'eut qu'à suivre la musique du transistor, qui la guida jusque dans le grand salon du deuxième étage.

– Salut ! lança-t-elle.

Au sommet de l'échafaudage, Mme Bloom appliquait de l'adhésif protecteur le long des poutres du plafond.

– Salut, répondit-elle d'en haut.

Elle ajouta avec un soupir en s'agenouillant sur la passerelle :

– Si ton père savait ce que je t'autorise à faire…

Elle désigna à Anita un des piliers de fer qui soutenaient la structure :

– Tu vois ce poteau ? Sers-toi de ses rainures pour monter, et rejoins-moi. Mais sois prudente !

Anita commença aussitôt à grimper. La structure trembla.

– Doucement ! lui enjoignit la restauratrice.

Sa fille monta avec agilité et la rejoignit au sommet.

– Voilà ma petite guenon à moi..., plaisanta Mme Bloom en lui ébouriffant les cheveux. Fais attention ! Si tu as le vertige, marche à quatre pattes.

Anita lui tira la langue. Sa mère plaisantait. Et elle aimait bien cette façon de blaguer, comme si elles étaient « entre adultes ».

Et puis, elle était folle de joie d'être là !

– Où est-il ? demanda-t-elle avec impatience.

Sa mère s'aventura avec beaucoup de précaution jusqu'à l'extrémité opposée de l'échafaudage, vers l'angle de la salle.

– Le voici, dit-elle.

Elle prit une lampe et projeta sur la paroi un rond de lumière très blanche. Celui-ci isola un singe aux yeux vifs, au pelage court tirant sur le fauve, aux sourcils touffus et à l'expression malicieuse.

– Mince ! murmura Anita.

C'était étrange : elle l'avait imaginé exactement comme ça ! Immortalisé par la main de son maître,

l'animal avait une gueule impertinente et curieuse, mais aussi un air de mystérieuse sagesse.

– Je te présente Ptolémée, dit sa mère, désignant du doigt le cartouche peint au-dessus de la tête arrondie de l'animal.

Anita rigola :

– Drôle de nom pour un singe !

– C'est le nom d'un voyageur, précisa sa mère. Ptolémée était un savant grec : un des premiers à avoir tenté d'imaginer la forme de la Terre, des mers, des continents. Il a dessiné des cartes tout à fait fausses. Pourtant, pendant plusieurs siècles, les produits de son imagination se sont imposés à tous comme la vérité.

Anita voulut effleurer le mur. Sa mère l'en empêcha.

– On ne touche pas ! La moindre empreinte de doigt sur une fresque dépose une couche de gras pratiquement indélébile. Même quand on s'est lavé les mains.

– Pourquoi l'a-t-il dessiné de cette façon, à ton avis ? s'enquit Anita.

– Je n'en ai aucune idée.

– Que fait-il avec ses bras levés ?

– On dirait qu'il soutient le plafond, suggéra la restauratrice.

Anita secoua la tête :

– Non. Ses bras sont trop loin des poutres. Il fait...
autre chose.

Elle fixa les yeux insolents du singe, essayant de
déchiffrer l'énigme de son regard.

– Il a une expression... satisfaite, tu ne trouves
pas ?

– Peut-être, admit Mme Bloom.

Anita continua :

– Il tient à bout de bras quelque chose qui n'est
pas représenté. Ce doit être quelque chose de léger.
Ou alors... il *attend* de tenir quelque chose au-dessus
de lui.

Sa mère haussa les épaules :

– Je ne sais que te dire. Mais tu as peut-être de
l'avenir comme critique d'art !

Elle éteignit la lampe et conclut :

– Bref..., tu voulais voir le singe. Eh bien, tu l'as
vu ! Maintenant, tu devrais te mettre à tes devoirs.

Anita hocha la tête.

– Pour redescendre..., commença à expliquer sa
mère.

Mais Anita fut plus rapide qu'elle. Elle gagna le
bord de la plate-forme et commença sa descente en
s'agrippant au tuyau de soutènement.

– Salut, maman ! fit-elle.

Elle ajouta avant de disparaître tout en bas :

– Et salut à toi aussi, Ptolémée !

Anita dévala l'escalier parsemé de trouées lumineuses. Les fresques de Morice Moreau semblaient presque s'animer. Dès qu'elle eut rejoint la tonnelle, elle vit que son chat avait encore pris la poudre d'escampette.

– Ah, non ! s'exclama-t-elle.

Mais cette fois, elle aperçut la pointe blanche de la queue de Mioli, qui se faufilait le long de la maison.

Comme elle l'avait imaginé, le chat atteignit le mur en passant par la tonnelle ; mais, une fois là-haut, il ne sauta pas dans le jardin voisin. Il se mit, au contraire, à monter vers le toit en escaladant la gouttière.

Parvenu au sommet de celle-ci, Mioli se faufila par une fente, et disparut dans la pièce où Anita l'avait récupéré la veille au soir.

– Ah, je te prends sur le fait !

Le sac de Mme Bloom était posé au bas de l'escalier. Après s'être assurée que sa mère ne pouvait pas la voir, Anita l'ouvrit. Elle n'aimait pas fouiller sans permission dans ses affaires, mais elle avait besoin du trousseau de clefs. Puis, elle monta jusqu'à la porte

mal assujettie de l'atelier et réussit à ouvrir le cadenas du premier coup.

Cela lui fit presque peur...

Elle poussa légèrement la porte et, à travers l'entre-bâillement, découvrit une pièce nue avec de grandes bâches étalées sur le sol pour le protéger de la pluie.

Il ne restait plus grand-chose de l'atelier de Morice Moreau. Une longue pièce étroite, d'où l'on voyait la ligne horizontale de la lagune et le profil net des maisons de l'île de la Giudecca.

Mioli était assis dans la lumière éblouissante, tel un sphinx égyptien. Quand il aperçut sa maîtresse, il se contenta de remuer la queue.

Anita le rejoignit, hésitante, en marchant sur les bâches. Les poutres étaient noircies par le feu, les murs maculés de suie, le parquet fendu en plusieurs endroits. Il y avait des plumes de pigeons partout. Une odeur de rats.

Et d'autres peintures.

Sur les parois rescapées des flammes, on devinait des fresques recouvertes par un dépôt sombre. Sans se soucier des recommandations de sa mère, Anita les effleura.

Le mur était chaud.

Lorsqu'elle retira son doigt, son empreinte apparut sur la paroi. La pulpe de son index était noire.

Anita passa de nouveau son doigt sur le mur. Et puis encore, enlevant peu à peu la couche noirâtre.

Elle sourit. Elle venait de découvrir une paire d'yeux familière.

– Ptolémée, murmura-t-elle.

Elle s'agenouilla sur la bâche et se mit au travail, révélant peu à peu ce deuxième portrait du singe. Mioli lui lançait de temps à autre un regard hautain.

Le deuxième Ptolémée était très différent de celui qu'elle connaissait déjà. Il tenait les deux bras levés, comme pour soulever les poutres du toit, et il tapait du pied. Le premier était sage et guindé, alors que celui-ci était sauvage, presque furieux.

Anita l'observa un long moment. Pourquoi Morice Moreau l'avait-il représenté dans ces deux positions si étranges ?

– Ce ne sont peut-être pas les seuls..., pensa-t-elle en regardant autour d'elle.

Apparemment, il n'y avait pas d'autres représentations du singe. Elle s'accroupit de nouveau devant la peinture.

– Que cherches-tu à me dire ? demanda-t-elle à voix haute, tout en soulevant avec précaution les bâches qui protégeaient le sol.

Elles masquaient du bois sombre et abîmé. Du bois brûlé. De vieilles planches irrégulières qui disparaissaient sous d'autres bâches.

Il fallait qu'elle téléphone à Tommi pour lui raconter tout ça. Il raffolait de ce genre de mystère !

Anita pressa de la main le parquet au pied du portrait du singe. Le bois craqua légèrement.

Anita appuya sur une latte. Puis sur une autre. Elle cherchait à repérer le point précis à partir duquel Ptolémée semblait prendre son appel pour sauter.

Rien. Juste du vieux bois qui grinçait et...

Tac, fit le plancher. Un seul claquement, bien net.

Anita retira ses mains, effrayée. Qu'est-ce que c'était ?

Elle plaça de nouveau ses paumes à l'endroit où le son s'était produit et appuya encore. Cette fois, les vieilles lames de bois se contentèrent de grincer. Anita s'interrogea. Avait-elle vraiment entendu un bruit ? Était-il... réel ? Et si oui... qu'était-ce au juste ?

Anita se remit debout, en proie à une étrange agitation. Et, comme elle n'arrivait pas à la dompter, elle se tourna avec nervosité vers Mioli. Le chat ne semblait pas disposé à la suivre, mais Anita se montra inflexible :

– Maintenant, on descend ! Pigé ?

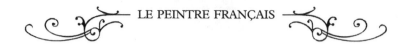

Elle le prit dans ses bras et sortit de l'atelier.

– Tu ne dois plus monter ici ! Plus jamais, c'est compris ? insista-t-elle. Plus jamais !

Elle referma la porte et alla ranger les clefs dans le sac de sa mère.

Anita fit ses devoirs avec rage. Et avec beaucoup de mal.

Elle devait relire dix fois les mêmes lignes avant d'en comprendre le sens. Elle finissait toujours, malgré elle, par relever les yeux vers les murs de la maison, les fenêtres, le toit calciné. Elle fixait la lucarne et repensait au moment où le parquet avait fait *tac*. Puis elle secouait la tête et se remettait à ses devoirs.

Mioli ne vagabonda plus : il passa l'après-midi pelotonné sur la table, près de sa maîtresse.

Ce soir-là, après son travail, Mme Bloom trouva sa fille encore penchée sur la petite table du jardin.

– On rentre à la maison ?

La silhouette de Mme Bloom se découpait sur le fond sombre de l'escalier.

Anita ferma ses livres et ses cahiers et les fourra dans son sac à dos. Mioli se glissa tout seul dans la poche de sa parka.

– Tu avais beaucoup de devoirs, aujourd'hui ? s'enquit Mme Bloom.

En souriant, elle ajouta :

– Tommi n'est pas venu ?

Anita ne répondit pas. Ses pensées semblaient empêtrées dans un écheveau inextricable qui les empêchait de s'exprimer.

– Quelque chose ne va pas ? insista sa mère, que ce silence inquiétait.

Anita secoua la tête et la suivit jusqu'à la porte d'entrée. Mais, avant de quitter la maison des Monstres, elle eut soudain envie d'examiner une dernière fois la fresque du deuxième étage.

Elle voulait retourner voir Ptolémée.

– J'en ai pour une minute, maman ! lança-t-elle avant de poser son sac à dos et de monter l'escalier en courant.

Elle s'approcha de l'échafaudage et chercha le singe des yeux. Il se trouvait toujours là-haut, dans l'angle de la pièce. Il avait réellement l'air de soutenir la poutre à bout de bras.

Anita regarda plus attentivement. Les ombres du crépuscule la gênaient. Mais, tandis qu'elle se déplaçait dans la salle à manger, elle eut l'impression que la poutre soulevée par Ptolémée était... *déformée*.

Ou bien qu'elle avait bougé.

Elle battit des cils, stupéfaite. Était-il possible que sa mère ne se soit aperçue de rien ?

– Anita ! appela celle-ci.

– J'arrive !

Sans trop réfléchir, elle escalada l'échafaudage.

Mioli se blottit au fond de sa poche. En veillant à ne pas toucher les outils de sa mère, Anita s'approcha du portrait de Ptolémée.

Il s'était vraiment produit quelque chose : l'extrémité de la poutre du plafond coïncidait maintenant à la perfection avec les bras levés du singe. La pièce de bois était descendue d'une dizaine de centimètres !

Anita tendit la main pour la toucher et l'extrémité de la poutre bougea. Elle la tira vers elle.

Un morceau de bois se détacha.

Anita faillit en perdre l'équilibre. Elle avait en main un casier d'environ vingt centimètres de long sur presque autant de large, et à peu près aussi profond. Une sorte de double fond ménagé dans la poutre. Une caissette qu'elle avait descellée en appuyant sur un dispositif quelconque, dissimulé dans le parquet de l'étage supérieur.

– Je vais t'enfermer ici ! menaça sa mère depuis le rez-de-chaussée.

Anita examina le contenu de la caissette : une enveloppe jaunie, une botte de pinceaux noirs liés par une ficelle fine, une boîte de peinture en métal noir tachée et un curieux anneau en cuivre.

Elle mit le tout dans sa poche, replaça la pièce de bois creuse au bout de la poutre et l'enfonça d'une légère pression.

Tac, fit l'objet en s'encastrant parfaitement dans le plafond.

Au-dessus des bras de Ptolémée, dix centimètres de mur étaient de nouveau visibles.

– Mince alors !..., murmura Anita.

Et elle redescendit de l'échafaudage.

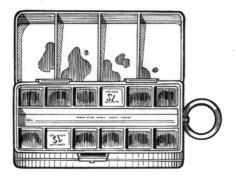

Chapitre 4

L'enveloppe

Anita, enveloppée d'un peignoir, était agenouillée dans la salle de bains. Derrière elle, l'eau chaude coulait et remplissait la baignoire. Le contenu du compartiment secret était disposé devant elle, sur le tapis de bain.

Dans la maison, la mère d'Anita vaquait à ses affaires.

Pour commencer, Anita ouvrit la boîte de couleurs – un très petit objet, d'une dizaine de centimètres sur dix. Elle contenait douze godets d'aquarelle qui avaient beaucoup servi. Douze pigments colorés à diluer avec

de l'eau. Il y avait aussi des alvéoles pour les mélanger, et un espace pour ranger les pinceaux. Du côté extérieur, la boîte présentait un sillon dans lequel s'adaptait parfaitement l'anneau en cuivre. Anita encastra l'anneau : on obtenait ainsi une sorte de tablette pour présenter les couleurs, afin de pouvoir travailler même sans support.

La vapeur chaude qui montait de la baignoire se condensait peu à peu sur les miroirs de la salle de bains.

Anita examina rapidement les pinceaux ; puis elle passa à l'enveloppe jaunie, sur laquelle était écrit : *Si vous trouvez ce pli, merci de le rapporter à monsieur Morice Moreau, fondamenta di Borgo, 89, Venise. Récompense. Sinon, veuillez l'adresser à monsieur Moore, Voyageur imaginaire, Frognal Lane, 23, Londres.*

Anita tourna et retourna l'enveloppe entre ses doigts, avant de décider de quel côté l'ouvrir. Elle semblait contenir un objet compact, mais plutôt léger. Avec ses ongles, elle entama un côté du pli et le déchira.

À l'intérieur, un livre.

À moins que ce ne fût un journal intime.

Ou bien un objet qui tenait des deux à la fois. C'était un carnet avec une mince couverture assez

rigide et des feuilles aux bords irréguliers, comme du papier artisanal.

Anita le déposa sur le sol, devant elle, et plaça l'enveloppe contre les pinceaux et la petite boîte de couleurs.

Sur la couverture du carnet, il était écrit : *Voyage dans le Village qui meurt.*

Juste en dessous, précédée d'un long tiret, une date : *1909.*

Et, un peu plus bas, une signature : *Morice Moreau.*

Sur la première page, on voyait le dessin d'un homme à califourchon sur une malle. L'homme lisait un livre, il portait un chapeau à larges bords, et ses cheveux longs dépassaient de son couvre-chef. Ses jambes, courtes et arquées, étaient gainées par deux grandes bottes noires qui encadraient la malle.

Ce coffre très pansu semblait près de s'ouvrir d'une seconde à l'autre pour désarçonner l'homme de sa « selle ».

Le dessin constituait une sorte de dédicace car, juste au-dessous, Morice Moreau avait écrit : *À mes amis Voyageurs imaginaires.*

– Voyageurs imaginaires…, murmura Anita, relisant l'adresse calligraphiée sur l'enveloppe.

Monsieur Moore, Voyageur imaginaire.

Elle tourna le feuillet.

Sur la page suivante, un dessin plus grand représentait trois personnes dans un bois, près d'une bizarre construction carrée, très basse. Cette illustration s'intitulait : *Et in Arcadia ego*.

Dans un coin de la page, il y avait une vignette vide, où ne figurait aucun portrait.

Une suite dense de symboles incompréhensibles apparaissait sur la page d'après. Anita feuilleta plus rapidement la suite du carnet, envahie par une étrange excitation.

Le petit nombre de feuillets contenait d'autres dessins et notes incompréhensibles. Celles-ci paraissaient écrites en hiéroglyphes. Les vignettes vides, les dessins et les notes se succédaient sans logique apparente. De temps à autre, cependant, on croyait saisir quelque chose dans ce désordre magique de croquis et de taches de couleur.

À la fin du carnet, par exemple : Anita s'arrêta à la page intitulée *Le Village qui meurt*. On y découvrait un paysage inquiétant, couleur d'automne, au centre duquel était érigé un rocher haut et nu, aux bords escarpés. Il se dressait au milieu des bois environnants tel un grand champignon.

– Il n'y a aucun village, ici…, observa Anita, tandis que l'eau continuait à couler avec fracas derrière elle.

Elle avait complètement oublié son bain. Et, tandis qu'elle observait ce paysage, son cœur se mit sans raison à battre plus vite.

Comme sur certaines autres pages, une vignette avec des motifs de fleurs accompagnait le dessin. Elle était petite, de la taille d'un timbre. C'est elle, surtout, qui attira l'attention d'Anita. Car, à la différence des précédentes, elle contenait un dessin : une femme.

Celle-ci était environnée de feuilles tombantes. Le vent soulevait sa jupe. Elle tournait la tête pour s'assurer que personne ne la suivait. Mais... on aurait dit qu'elle regardait *en dehors* du livre. Comme si elle voulait échapper au lecteur.

Échapper à Anita.

– Mince ! murmura-t-elle.

L'eau chaude, à présent, atteignait presque le rebord de la baignoire. La salle de bains était envahie par un nuage de vapeur.

Anita posa ses doigts sur le paysage d'automne et les déplaça lentement, en suivant le pourtour des couleurs. Le papier était poreux, d'une consistance inhabituelle. Elle approcha son doigt de la vignette représentant la femme en fuite et, après une dernière hésitation, la toucha.

Alors, il se produisit quelque chose.

Anita fut envahie par une soudaine sensation de mélancolie. Cela pénétrait son doigt et se répandait dans tout son corps. Elle perçut autour d'elle le parfum des fleurs, le bruissement lointain des arbres agités par le vent.

Elle appuya plus fort sur la page, et la sensation devint encore plus intense. Des fleurs, des arbres, un vent lointain. Puis, elle entendit résonner dans sa tête, très nettement, la voix de la femme.

– À l'aide..., dit celle-ci. Je t'en prie, aide-moi.

Anita retira brusquement son doigt de l'image. Effrayée, elle revint très vite à la réalité.

Les pas de sa mère résonnaient dans le couloir :

– Anita ! Anita ! Tu es toujours dans ton bain ?

Elle bondit sur ses pieds comme un ressort.

Bien qu'étourdie par ce qu'elle avait vu et cru entendre, elle ne voulait pas que sa mère découvre les objets ayant appartenu à Morice Moreau.

Elle les cacha en vitesse sous une pile d'essuie-mains, enleva son peignoir et, sans perdre une seconde, se plongea dans la baignoire.

Il était temps !

Sa mère ouvrit la porte et recula aussitôt, agressée par le nuage de vapeur.

− Anita ! dit-elle en faisant de grands gestes pour aérer la pièce. Tu es sûre que tout va bien ?

− Oui, maman.

Se forçant à rester immobile dans l'eau brûlante, Anita ferma le robinet.

Des flots s'écoulaient par le trop-plein. La vasque débordait, inondant le parquet.

− Tu as vraiment besoin de faire tous ces dégâts pour te laver ? lança Mme Bloom.

− J'essuierai après !

− Tu es sûre que ça va ?

− Certaine.

− Tu ne devrais pas prendre un bain aussi chaud ! maugréa Mme Bloom.

« S'il te plaît, va-t'en, pensa Anita. Va-t'en ou je hurle. »

Sa mère sourit :

− Je t'attends dans la chambre. Essaie au moins de ne pas te mouiller les cheveux !

Dès que Mme Bloom eut refermé la porte, Anita jaillit hors de l'eau, rouge comme une écrevisse bien cuite. Elle s'essuya rapidement en réfléchissant à ce qui venait de se produire. Et elle se persuada qu'elle s'était trompée. Elle s'était laissé influencer par les images, comme d'habitude. Elle avait *imaginé* une

voix dans sa tête. Alors que sa mère appelait « Anita ! », elle avait cru entendre crier : « À l'aide ! »

Voilà ce qui s'était passé.

Et rien de plus.

À mesure que les minutes s'écoulaient, les palpitations de son cœur s'apaisaient. Elle attendit que le bassin se vide, se laissant bercer par le glouglou de l'eau. Elle frictionna sa peau rougie et chercha une crème appropriée dans la ribambelle d'échantillons gratuits qu'elle aimait collectionner. Après avoir hydraté sa peau, elle mit son pyjama et se lava les dents avec calme, comme si c'était une soirée tout à fait normale.

Une soirée pareille aux autres.

Anita entrebâilla la porte pour s'assurer que sa mère était déjà couchée et repéra le cône lumineux de la lampe au bout du couloir. Parfait.

Après avoir récupéré sous les essuie-mains les objets de Morice Moreau, elle courut dans la pièce qui abritait leur petite bibliothèque.

Elle ouvrit le tiroir où elle rangeait ses cahiers pour y cacher ses trouvailles. Mais, alors qu'elle allait y poser le carnet, sa curiosité prit le dessus.

Elle déglutit avec difficulté. Puis elle l'ouvrit une deuxième fois.

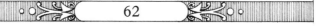

Elle découvrit alors avec stupéfaction que la vignette aux motifs de fleurs était vide. La femme avait disparu.

Était-ce possible ?

Rapidement, Anita feuilleta le carnet en sens inverse et s'arrêta sur une autre vignette. Celle-ci se trouvait en marge d'une page occupée par une illustration effrayante : un château en flammes. Quand elle l'avait regardée auparavant, la vignette lui avait paru vide.

Là, en revanche, elle ne l'était pas.

À l'intérieur, un homme se tenait assis en haut d'une pile de chaises formant une sorte de tour. Il se tenait en équilibre à l'aide d'un parapluie noir.

Ce dessin humoristique et inquiétant avait échappé à Anita à la première vision.

Elle regarda derrière elle. L'appartement était sombre et silencieux, à l'exception de la lumière de la lampe de chevet de la chambre, et du bruissement des pages du livre que lisait sa mère.

Anita examina de nouveau la vignette qui représentait l'homme au sommet des chaises empilées. Il était toujours là. Elle n'avait pas fait erreur.

Elle posa les doigts dessus.

Aussitôt, comme précédemment, une sensation se diffusa dans sa main, son poignet, son bras, et

se propagea en elle telle une invasion d'insectes minuscules.

Cette fois, la sensation était la peur.

Anita immobilisa ses doigts sur le dessin de l'homme.

Et elle entendit une voix dans sa tête. Une voix sèche, sifflante. Une voix masculine qui lui demandait méchamment :

– Mais qui es-tu ?

À ce moment-là, un vaporetto lointain fit retentir sa sirène. Anita lâcha un cri de frayeur. Elle jeta le carnet dans le tiroir et courut dans la chambre pour se réfugier sous les couvertures.

Sa mère baissa son livre, inquiète :

– Que t'arrive-t-il encore ?

– Rien, rien du tout, mentit Anita.

Mais elle ajouta :

– S'il te plaît, n'éteins pas la lumière.

Chapitre 5

Un appel au secours

– Ils m'ont parlé, tu comprends ? confia Anita à Tommi en sortant de l'école.

Elle lui avait tout raconté : les deux singes, le double fond, les objets et le carnet.

Tommi gardait son calme, posait des questions rassurantes, s'efforçant de comprendre :

– Tu as posé la main dessus... et c'est alors que tu as entendu la voix.

– Exactement.

Le garçon hocha la tête :

– C'est vraiment très étrange.

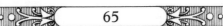

– Oui, très étrange, approuva Anita. Et ça m'est arrivé *deux* fois.

– Sauf que la première fois... ça ne t'a pas fait peur.

– Non... c'était plutôt une sensation de... tristesse. J'ai entendu quelqu'un appeler à l'aide. On aurait dit une voix de femme.

– La deuxième fois, au contraire...

– J'ai eu peur, point final. On aurait dit que l'homme sur la tour de chaises était *dans* le livre et me regardait. C'était une impression horrible !

Tommi s'arrêta devant un pont :

– Je crois que je devrais jeter un coup d'œil sur ce livre. Tu l'as avec toi ?

– Tu veux le regarder ici ?

– Non, chez moi. J'ai les instruments qu'il faut, affirma le garçon.

– Comment ça ? Quels instruments ? voulut savoir Anita.

– T'occupe. Tu l'as, oui ou non ?

Voici quels étaient les instruments de Tommi : une loupe, un coupe-papier, des Post-it jaunes et une pièce de monnaie porte-bonheur que sa tante lui avait offerte.

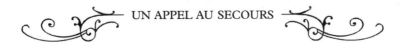

Les deux amis s'assirent en tailleur sur le tapis de la chambre de Tommi. Anita montra à ce dernier les pinceaux, les couleurs, l'anneau et l'enveloppe avec le carnet.

Tommi les étudia à la loupe un à un et nota quelque chose sur les Post-it avant de les poser près de lui. Quand Anita lui remit l'enveloppe qui contenait le carnet, il s'exclama :

– Hé, là !

Mais il ne fournit pas d'explications. Pour finir, il sortit le carnet.

– Alors, c'est ce truc-là..., chuchota-t-il.

Il le mesura : vingt centimètres de long sur quinze de large et deux centimètres d'épaisseur. Il le pesa : vingt-sept grammes.

Anita le regardait faire en silence. Tommi plaça le carnet sur le tapis, juste devant ses jambes, le scruta longuement à la loupe, et finit par décider qu'il ne présentait rien de remarquable.

– Ouvre-le, lui dit Anita.

Tommi s'équipa d'abord d'une paire de gants blancs en latex.

– Ils sont un peu serrés, murmura-t-il, peinant à les enfiler. Je les ai piqués à ma mère...

– Ce sont ceux de la police scientifique ?

– Ma mère s'en sert pour laver les crevettes.

– J'espère que tu les as passés sous l'eau !

Tommi répondit par une grimace. Puis il ouvrit le carnet.

Tout correspondait exactement au souvenir d'Anita : la dédicace du début, les aquarelles, les lettres bizarres, l'écriture en hiéroglyphes.

– C'est bien ce que j'imaginais..., commenta Tommi.

– Regarde ces symboles !

Après avoir examiné quelques pages, le garçon confia :

– Je connais cette écriture.

– Comment ça, tu la connais ?

– Je t'expliquerai après. Où est la vignette dont tu parlais ? continua Tommi, tout en tournant les pages.

– La voici ! l'arrêta soudain Anita. Elle devrait se trouver sur cette page... juste là.

La vignette située à côté du château en flammes était vide.

– C'est celle-ci ? s'enquit Tommi.

– Exact. Mais l'homme n'est plus là.

– Comment ça, il n'y est plus ?

Anita fixa la vignette vierge.

– Il était ici, soutint-elle.

– Tu veux dire que le dessin parlant a disparu ?

–Ne te moque pas de moi !

–Je ne me moque pas !

–Je te jure que l'homme était dans ce petit cadre !

–Et la femme ?

Agacée, Anita prit le carnet et l'ouvrit à la page du paysage. Elle désigna la vignette de l'angle du bas, à gauche.

–Alors, elle a disparu elle aussi ? demanda le garçon.

–On dirait que oui.

Tommi passa sa main gantée dans ses cheveux châtains :

–Et tu es sûre de les avoir vus tous les deux ? Tu ne te serais pas trompée ? Tu n'aurais pas un peu enjolivé la description des dessins et...

–Puisque je te dis qu'il y avait deux dessins dans ces vignettes ! coupa Anita.

–Qui t'ont parlé, puis qui ont disparu. Et tu trouves ça normal ? railla Tommi.

–Non, je ne trouve pas ça normal ! C'est bien pour ça que je t'en ai parlé !

–Oui, mais...

–Mais selon toi, je me suis trompée ! Et, en plus, tu prétends que j'ai des hallucinations ! s'échauffa Anita, vexée.

– Je ne dis pas que tu as des hallucinations…, lâcha Tommi, qui tournait les pages, à la recherche d'autres vignettes. Mais reconnais que…

– Qu'est-ce que je dois reconnaître, encore ?

– Oh, ça va ! Il n'y a pas moyen de discuter avec toi !

– Avec toi non plus !

Anita croisa les bras sur sa poitrine et s'enferma dans un silence têtu.

– C'est vrai qu'il est beau, commenta Tommi, continuant à feuilleter le carnet.

Aucune réaction.

– On dirait un carnet de voyage.

Le jeune garçon se concentra sur la dédicace du début. Quand il vit le gros coffre entre les jambes du Voyageur imaginaire, il ajouta :

– Et voici la malle. Incroyable ! Exactement ce que je pensais ! Tout se répète.

Anita lui lança un coup d'œil en biais :

– Qu'est-ce qui se répète ?

Tommi eut un sourire imperceptible :

– Oh, rien de particulier. Mais trois choses m'ont frappé.

Anita le fixa, toujours boudeuse.

– La première est l'adresse sur l'enveloppe contenant le carnet. La deuxième, ce sont les caractères

avec lesquels les diverses notes ont été écrites. La troisième, c'est la dédicace. Et tu sais pourquoi, Anita ?

– Non, je n'en sais rien !

– Parce que j'ai dans l'idée que je les connais déjà.

Tommi s'approcha des étagères au-dessus du lit et passa ses livres en revue.

– Mais où l'ai-je fourré ? marmonna-t-il.

Quand il tomba sur l'ouvrage qu'il cherchait, il le tendit à son amie.

– Regarde le nom de l'auteur.

– Ulysse Moore, énonça Anita.

– Oui, Ulysse Moore. Or, l'enveloppe est adressée à un certain M. Moore.

Anita retourna le volume. Il s'intitulait *Les Clefs du Temps*.

– À mon avis, ce n'est qu'une coïncidence, observa-t-elle.

– Attends un peu, tu vas voir.

Tommi lui fit ouvrir le livre et lui montra, dans les premières pages, la photographie d'une grosse malle.

– Voici la deuxième coïncidence : le traducteur du récit rapporte qu'il a été invité en Cornouailles pour faire la connaissance d'un mystérieux écrivain, et

que, une fois arrivé là-bas, il a reçu cette malle dans la chambre du *bed & breakfast* où il logeait.

– Et qu'y avait-il dans la malle ?

– Des journaux personnels. Les cahiers de ce fameux Ulysse Moore, tous rédigés... en code. Dans une écriture incompréhensible. Et ça, c'est la troisième coïncidence.

Tommi feuilleta rapidement *Les Clefs du Temps* et finit par trouver des symboles identiques à ceux que Morice Moreau avait utilisés dans son carnet.

– Ça alors ! s'exclama Anita en les reconnaissant. Mais comment est-ce possible ?

– Si ça se trouve, l'histoire d'Ulysse Moore n'est pas une totale invention.

– De quoi parle cette histoire ?

– D'un village qu'on ne parvient pas à dénicher.

– Le Village qui meurt ?

– Non. Il s'appelle Kilmore Cove, et il se trouve quelque part en Cornouailles... C'est un village comme les autres, mis à part les portes du temps.

– C'est-à-dire ? fit Anita, intriguée.

– Ce sont des portes qu'on ne peut ouvrir qu'avec des clefs très particulières. En forme d'animal. Chaque clef n'ouvre qu'une seule porte. Et une fois poussée, la porte conduit... dans un lieu très lointain.

– Ce n'est pas possible, s'insurgea Anita.

– Pourquoi?

– Des portes comme ça, ça n'existe pas!

– Des livres avec des illustrations qui disparaissent, ça n'existe pas non plus, répliqua Tommi.

Anita se mordit la lèvre :

– Continue.

Tommi haussa les épaules :

– L'histoire tient en peu de mots. Quelqu'un fait parvenir quatre clefs à des enfants. Et, comme par hasard, ces quatre clefs ouvrent une porte du temps. Mieux : elles ouvrent LA porte du temps par excellence. La plus importante de toutes. C'est une porte en bois, éraflée, comme si on avait essayé de la desceller du mur, et elle est noircie par le feu, comme si on avait tenté de la brûler.

Anita redoubla d'attention.

– Les enfants réussissent à l'ouvrir, mais pour ce faire, ils ont dû déchiffrer des messages rédigés dans cette écriture incompréhensible, continua Tommi.

– Et ils y sont arrivés comment?

– Facile. Dans la bibliothèque de leur maison, il y avait un livre intitulé *Dictionnaire des langages oubliés.* Ils s'en sont servis.

– Et une fois qu'ils ont ouvert la porte?

– Ils se retrouvent dans un lieu imaginaire de l'Égypte ancienne. Un lieu que personne n'a jamais trouvé.

– Comme ton fameux Kilmore Cove.

– Exact. Et ce n'est pas le seul voyage que font ces enfants. Ils se rendent aussi dans le jardin du Prêtre Jean, dont parle Marco Polo. Ici, à Venise.

– À Venise ! s'exclama Anita.

– Ils recherchaient l'île aux Masques.

– Et elle existe, cette île ?

– Hélas, non, reconnut Tommi. Mais sa description correspond à celle d'une petite île de la lagune où se trouvait un couvent. Et ce couvent, comme par hasard, a... pris feu. Pareil que dans le livre.

« Encore le feu ! » pensa Anita.

– Tout ça n'explique pas en quoi les deux choses sont reliées, souligna-t-elle.

– Morice et Moore utilisent la même écriture. Et ce sont tous les deux de grands voyageurs, objecta Tommi.

– Imaginaires !

– Peut-être. Mais il y a un détail qui pourrait nous être utile... Le traducteur, celui qui a reçu la malle, dit qu'il a réussi, après de nombreuses recherches, à rejoindre Kilmore Cove.

– Si ça se trouve, c'est une blague.

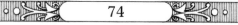

– C'est ce que j'ai pensé aussi. N'empêche que, dans les livres, il y a des photos et... un tas de détails qui m'ont toujours mis la puce à l'oreille, fit valoir Tommi.

– Si on essayait de lui téléphoner ?

– À qui ? À Ulysse Moore ? J'ai vérifié sur Internet. Il n'est pas dans l'annuaire. Enfin... il s'y trouvait il y a cinquante ans, mais ensuite, on l'en a retiré.

– Mais non ! Je te parle de ce... traducteur qui a trouvé la malle avec les cahiers.

– Et on lui dira quoi ?

– On lui parlera de ce qu'on a découvert. Il pourra peut-être nous aider !

Tommi se gratta la tête, songeur :

– Je ne crois pas que ce soit si facile.

– Il doit bien avoir un nom, j'imagine ?

Le jeune garçon le lut sur le livre.

– Ça pourrait être un pseudonyme, dit-il.

Aussitôt, Anita alluma l'ordinateur de son ami et chercha le nom sur Internet.

– J'ai l'impression qu'il n'est pas du tout inventé, murmura-t-elle au bout d'un instant. Ce traducteur collabore avec une maison d'édition.

Se penchant vers l'écran, elle ajouta :

– Il y a même une adresse électronique.

En entendant le bruit des touches alors que son amie pianotait rapidement sur le clavier, Tommi s'inquiéta soudain :

– Attends ! Qu'est-ce que tu fabriques ?

Anita appuya sur la touche « envoi » et déclara :

– Ça y est ! C'est fait !

– Qu'est-ce qui est fait ?

– Je lui ai écrit.

– Et on peut savoir *quoi* ?

Anita avait raconté au traducteur une partie de ce qui leur était arrivé. Pas tout. Juste ce qui, d'après elle, suffirait à éveiller sa curiosité.

Dans l'après-midi où elle avait envoyé le courrier électronique, aucune réponse ne leur parvint. Il n'y en eut pas non plus le matin suivant, lorsque Tommi se réveilla pratiquement à l'aube pour allumer son ordinateur et, dans le silence de la maison endormie, consulter les nouveaux messages.

Les deux amis se virent le lendemain à l'école, mais ils évitèrent volontairement de parler de l'e-mail. Cet après-midi-là, ils firent leurs devoirs ensemble, jetant de temps à autre des coups d'œil préoccupés vers les écrans de l'ordinateur ou de leurs téléphones portables.

Quand Anita rentra chez elle, le traducteur n'avait toujours pas réagi.

Tommi alla prendre une douche pour se changer les idées. En revenant dans sa chambre, il découvrit sur son portable le symbole de réception d'un message. L'envoi provenait d'un numéro inconnu.

Le message disait : *C'est une blague, hein ?*

« C'est lui ! pensa Tommi. C'est le traducteur. »

Le cœur battant, il répondit : *Ce n'est pas une plaisanterie, monsieur.*

Et puis, il attendit. Et attendit encore, le front en sueur.

À l'instant où il n'espérait plus, un message arriva :

J'habite Vérone. Demain, j'ai un rendez-vous à San Donà di Piave. Peut-on se voir à Venise pour discuter ?

Tommi était si nerveux que ses doigts en étaient comme paralysés. Il réussit juste à enfoncer deux touches :

OK.

Et il téléphona à Anita.

Nom : **Tommaso Ranieri Strambi**

Lieu et date de naissance : Venise, le 24 octobre
Âge : 13 ans
Lieu de résidence : Venise, au numéro 173
d'une petite maison de Dorsoduro.
Signes particuliers : Grand lecteur de romans d'aventures.
Il rêve d'en vivre à son tour.

Chapitre 6

Au café Duchamp

– Moi, je parie que c'est le type au chapeau melon noir, murmura Anita.

Elle lorgnait le campo Santa Margherita, cachée derrière la maison du bourreau. À côté d'elle, Tommi fit la grimace :

– Tu penses qu'il est si vieux que ça ?

– Pourquoi ? Quel âge est-il censé avoir ?

– Je n'en sais rien... Ce n'est pas précisé sur Internet, répliqua le garçon.

Anita examina l'homme qui portait une barbe en pointe et un chapeau noir, assis à une table du café

Duchamp. Elle essaya de déterminer s'il était jeune ou vieux. À ses yeux, tous les adultes étaient pareils.

– Et l'autre, là, il est vieux, d'après toi ? marmonnat-elle.

– Ce n'est pas celui-là, je te dis. En plus, il n'a pas le livre, décréta Tommi.

En effet, il avait été convenu qu'ils apporteraient chacun de leur côté un exemplaire du livre d'Ulysse Moore, pour se reconnaître.

– Lui, il connaît notre âge ? demanda Anita au bout d'un moment.

– Non. Si on lui avait dit qu'on était des enfants, il ne nous aurait même pas fixé un rendez-vous, si ça se trouve et...

Tommi s'arrêta net. Il sourit et s'empourpra :

– Le voilà !

De l'autre côté de la place avait surgi un homme légèrement voûté, vêtu d'un jean et d'un veston froissé, dont les cheveux poivre et sel étaient tout décoiffés. Il serrait dans sa main un exemplaire du premier tome des récits d'Ulysse Moore et regardait autour de lui, un peu indécis. Quand il reconnut la maison du bourreau, la seule sur la place qui se trouvait isolée des autres, il repéra le café et vint s'asseoir à la terrasse.

– Ça alors, il est vraiment là ! fit Anita.

Le nouveau venu avait pris place à une table voisine de celle de l'homme au chapeau melon noir. Il tenta d'attirer son attention en lui montrant le livre qu'il avait apporté ; voyant que celui-ci l'ignorait, il recommença à examiner les environs.

– Et maintenant, qu'est-ce qu'on fait ? murmura Tommi.

Anita le poussa légèrement :

– En avant ! Je te suis.

– Hé, minute ! Ce n'est pas si facile. On doit récapituler ce qu'on va lui dire et comment on va s'y prendre.

Le garçon inspira à fond, passa une main dans ses cheveux châtains. Il était rouge comme une tomate.

– On dirait que tu as encore peur, observa Anita.

– Comment ça, *encore* ?

Elle le poussa d'un geste décidé, le forçant à avancer à découvert.

– Du nerf ! Tu pourras toujours lui demander un autographe !

– Monsieur le traducteur ? demandèrent les enfants en s'approchant de la table.

L'homme leva les yeux, les dévisageant tour à tour. Il reconnut le livre et se présenta.

– Tommaso Ranieri Strambi, répondit Tommi.

– Anita Bloom.

– Enchanté de vous connaître. Asseyez-vous donc.

Il y avait dans la voix de l'homme une trace d'amusement. Les deux enfants tirèrent des chaises et s'installèrent face à lui.

– Racontez-moi tout, leur dit-il.

Ils commandèrent trois sodas. Pendant qu'ils attendaient leurs boissons, Anita fit un récit complet des évènements des derniers jours. Quand elle eut terminé, le traducteur resta silencieux.

– Le nom de Morice Moreau vous dit quelque chose ? lui demanda Tommi.

– Pas précisément. En fait, rien du tout.

– Et ce que nous vous avons raconté ?

– Ma foi... c'est une belle histoire. Si c'était l'intrigue d'un livre, j'aimerais en connaître la suite.

– Mais vous y croyez ? glissa Anita.

– Bien sûr, affirma le traducteur.

– Et vous ne pensez pas vous aussi qu'il y a des... correspondances... entre le carnet que nous avons trouvé et ce que vous avez écrit... sur Ulysse Moore ? l'interrogea Tommi.

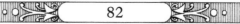

– Ulysse Moore habite à Kilmore Cove. Votre monsieur Moore est de Londres. De plus, Moore est un nom assez courant.

– Donc, selon vous, il n'y a aucune relation ? insista Tommi.

– Je n'ai pas dit ça. C'est une belle histoire, voilà tout. Où se trouve la maison de cet illustrateur ? s'enquit le traducteur.

Anita le lui expliqua brièvement.

– Nous pouvons vous y emmener, si vous voulez.

À la table voisine, l'homme au chapeau melon reposa bruyamment son verre.

D'un mouvement de tête, le traducteur renvoya ses cheveux en arrière :

– J'aurai peut-être envie de la voir tout à l'heure. Vous avez apporté le carnet illustré ?

– Non, répondirent en chœur les deux enfants.

Leur visiteur les dévisagea d'un air interrogateur.

– Nous le gardons en lieu sûr, expliqua Tommi.

– Mais nous avons fait des photographies, précisa Anita.

– Et vous les avez apportées ?

– Évidemment.

Elle fouilla dans son sac à dos, sortit les clichés et les remit au traducteur.

– Intéressant..., fit-il. Ce carnet a même une certaine valeur. Vous faites bien de le garder en sûreté.

Il se pencha pour examiner quelques photos d'un œil aiguisé.

– Certains dessins ont disparu, m'avez-vous dit ?

– Ils se trouvaient dans ces deux vignettes, expliqua Anita, lui montrant les clichés appropriés.

– Les vignettes disparaissent-elles aussi ?

– Non. Seulement les dessins qui sont à l'intérieur.

– *Le Village qui meurt...*, lut le traducteur, regardant le paysage sur la page de la deuxième vignette.

– Ça vous dit quelque chose ? interrogea Anita.

– Je n'en ai jamais entendu parler.

– Et ces caractères ? s'informa Tommaso, désignant les symboles comparables à des hiéroglyphes.

– Ce sont indéniablement les caractères du disque de Phaïstos[1], confirma le traducteur.

– Qu'est-ce que c'est ? glissa Anita.

– Une forme d'écriture utilisée par Ulysse Moore et ses amis. Ces caractères figurent sur une pièce archéologique découverte sur l'île de Crète. On n'a jamais pu les traduire.

---

1. Disque d'argile très ancien (XVIIe siècle av. J. C.) découvert en 1908 dans le temple de Phaïstos (Crète). Il est couvert de signes imprimés au tampon qui n'ont pas encore été déchiffrés. *(N. d. T.)*

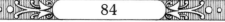

– Et vous, vous en seriez capable ?

Le traducteur réfléchit un peu, avant de répondre :

– Oh, non... Pas maintenant, en tout cas. Il faut beaucoup de temps...

L'homme au chapeau melon s'était abrité derrière un journal aux pages roses.

– Si vous voulez que ça aille plus vite, voici ce que vous devez faire..., murmura le traducteur. Utiliser le *Dictionnaire des langages oubliés*.

Tommi écarquilla les yeux :

– Vous l'avez ?

– Non. Bien sûr que non. Pour autant que je sache, il n'en existe qu'un seul exemplaire. Il se trouve dans la bibliothèque d'une vieille maison de Cornouailles.

– Vous parlez de la Villa Argo ? devina Tommi d'une petite voix. Mais... elle est à Kilmore Cove, en Cornouailles ! Et Kilmore Cove...

– Est à deux heures d'avion de Londres. Plus deux heures de route par Zennor. À partir de là... ce n'est plus très loin. Selon moi, l'effort en vaut la peine, pour résoudre une telle énigme.

– Si j'ai bien compris, récapitula Anita, vous nous conseillez d'aller à Kilmore Cove, dans la Villa Argo, et de consulter le *Dictionnaire des langages oubliés* ?

Le traducteur fit signe que oui :

– Je crois que c'est une bonne idée. Si les Covenant vous acceptaient chez eux... ce serait parfait. Je parle des deux jeunes gens, naturellement. Il est totalement inutile de s'adresser à leurs parents.

– Vous ne pourriez pas venir avec nous ? suggéra Anita. Je veux dire... puisque vous savez comment y aller, ça nous ferait gagner du temps.

Le traducteur sortit un petit agenda rouge :

– Je crains que ce ne soit pas possible. Je serai très pris dans les prochaines semaines. Des rendez-vous de longue date. Très ennuyeux. Alors que vous, si je ne me trompe, vous serez en vacances à partir de demain.

– Comment le savez-vous ?

– Le calendrier scolaire n'est pas un secret d'État.

Anita se tourna vers Tommi :

– Qu'est-ce que tu en dis ?

– Impossible... Mes parents ne voudront jamais !

– De toute façon, je peux vous donner des instructions, dit en souriant le traducteur.

Il sortit de sa poche une enveloppe blanche scellée. Les initiales U et M étaient gravées sur le cachet de cire, et, sur le papier, l'écriture aérienne et anguleuse d'Ulysse Moore annonçait : *INSTRUCTIONS*.

– Qu'est-ce que c'est ? s'enquit Anita.

– C'est évident, répondit le traducteur des cahiers. En lisant ceci, vous pourrez parvenir à Kilmore Cove. Vous connaissez les paroles de la comptine ?

Les deux enfants firent non de la tête, et l'homme se leva en chantonnant :

– *Si je perds le blanc au chêne aux hameçons,*

Aux sapins jumeaux de l'aide je retrouve.

Noire est la maison des mille appels

Qui disent : l'indigo indique le repaire !

Anita et Tommi échangèrent un regard interrogateur. Le traducteur eut un petit rire, s'excusa et puis, sans traîner, s'esquiva aux toilettes.

Les enfants restèrent assis à la table, en silence. Ils fixèrent l'enveloppe fermée posée entre les verres et les bouteilles de soda, sans trop savoir que croire. La journée était belle et ensoleillée. Dans l'air limpide résonnaient les voix des promeneurs qui se baladaient dans Venise. Un campanile sonna trois heures.

– Tu en dis quoi ? répéta Anita.

– J'en dis que j'ai soif, répondit Tommi.

À la table voisine, l'homme au chapeau melon se leva et se rhabilla. Malgré la chaleur, il portait un

long pardessus couleur de cendre et des chaussures à semelles épaisses.

– Tout ça est drôlement bizarre, tu ne trouves pas ? insista Anita. Enfin quoi, on aurait dit qu'il savait déjà ce qu'on allait lui raconter. Et puis, tu as observé son agenda ?

– Non. Qu'est-ce qu'il avait de spécial ?

– Il était vierge. Contrairement à ce qu'il prétend, il n'a pas plein de rendez-vous.

Tommi se gratta la nuque, perplexe.

L'homme d'à côté jeta quelques pièces de monnaie dans une soucoupe et s'apprêta à s'éloigner. Il voulut reprendre son parapluie resté coincé entre les pieds de la table. Mais il tira dessus assez maladroitement, et ce geste lui fit perdre l'équilibre. Il tomba sur Tommi.

– Hé ! protesta le garçon, s'écroulant lui aussi sur les verres et les bouteilles de soda.

– Oh, pardon..., murmura l'homme, qui se cramponna d'abord à l'épaule de Tommi, puis se remit debout en prenant appui sur la petite table bancale. Toutes mes excuses ! C'est à cause du parapluie ! Je suis désolé !

Anita l'aida à se stabiliser.

– Ce n'est pas grave. Ce sont des choses qui arrivent, dit-elle.

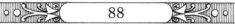

—Mais oui..., marmonna Tommi, dont le pantalon était complètement trempé.

—Je suis vraiment désolé ! Terriblement désolé !

L'homme s'inclina encore à deux ou trois reprises ; après quoi, il fit demi-tour et s'éloigna à toute vitesse.

—Quel type ! se lamenta Tommi, le regardant tituber dans son pardessus en laine. Mais comment peut-il se balader avec un chapeau et un parapluie par cette chaleur ?

Le serveur vint réparer les dégâts et passa un linge humide sur la table.

Le traducteur refit alors son apparition. Il observa la scène et demanda, sans perdre son calme :

—Vous avez sauvé l'enveloppe ?

Tommi se figea.

Anita examina la table.

—Elle était juste là. Elle a dû tomber par terre...

Mais, sur le sol, il n'y avait pas d'enveloppe.

—Elle était là il y a une minute, juste avant que le vieux..., reprit Anita, qui se retourna vers la place. Le vieux avec le parapluie...

—Il nous l'a volée ! s'exclama Tommi.

Le jeune garçon n'y réfléchit pas à deux fois : il s'élança au pas de course, talonné par Anita.

Le traducteur les regarda filer comme l'éclair, croisa le regard du serveur et lâcha en jetant quelques euros sur la table :

– Ah, ces gosses ! Ils sont tellement imprévisibles !

Et il se mit à courir à son tour.

Chapitre 7

La poursuite

Tommi courait à toute vitesse, tel un chasseur qui connaît parfaitement son terrain. C'était Venise. Sa ville. Ce vieux avec son parapluie ne pouvait pas lui échapper !

Anita se trouvait déjà à cinquante pas derrière lui, son sac à dos tressautant sur ses épaules à chaque foulée. Le traducteur, lui, venait bon dernier, esquivant avec amusement les touristes.

Quand ils s'engagèrent dans la calle San Pantalon, Tommi crut entrevoir le parapluie noir qui disparaissait au coin de la rue sur sa gauche. Il suivit cette

piste, monta et puis redescendit le petit pont voûté en dévalant les marches quatre à quatre.

– Pardon! cria-t-il.

Et il bouscula un couple de Japonais qui posait devant le canal, dans une attitude romantique.

Le couple se remit en place pour le photographe.

– Pardon! cria Anita, gâchant le deuxième cliché.

Quant au traducteur, il se retrouva sur la photo en train de tirer la langue.

Après un ou deux virages encore, l'odeur des beignets de la pâtisserie Tonolo chatouilla les narines de Tommi.

Il coupa à travers la file d'attente et continua la poursuite. Il avait de nouveau repéré l'homme au parapluie. Il filait vite, le vieux!

Tommi tourna brusquement à droite pour essayer de lui couper la route.

– S'il vous plaît! Pardon!

Il déboucha sur le canal et s'arrêta. L'homme n'était pas là.

Avait-il traversé le pont? Était-il revenu sur ses pas? Ou bien se trouvait-il dans la gondole qui s'écartait du ponton?

Pendant qu'il se demandait quoi faire, Anita le rejoignit.

– Je l'ai perdu de vue, fit Tommi. Tu l'aperçois quelque part, toi ?

Les deux amis scrutèrent la foule. Ils se séparèrent. L'un courut sur le pont, l'autre dans la ruelle. Sans résultat.

Quand ils se rejoignirent de nouveau, ils rencontrèrent le traducteur. Celui-ci leur offrit un beignet. Il semblait très calme.

– C'était qui, ce type ? lui demanda Anita, tout essoufflée.

– Je n'en sais rien. En tout cas, il est tombé dans le panneau, répondit-il.

– Je ne comprends pas...

Le traducteur finit de manger son beignet ; il roula en boule le papier d'emballage et chercha une poubelle pour l'y jeter. Puis, revenant vers les enfants, il ôta de son poignet une montre qu'il tendit à Anita.

Elle était très légère ; au milieu du cadran figuraient une chouette ainsi que les initiales *P. D.*

– Pour arriver à Kilmore Cove, dit-il en chuchotant presque, voici ce qu'il vous faut.

L'homme au chapeau melon se fit conduire directement à l'hôtel Danieli[1].

– Bonsoir, monsieur Eco ! le saluèrent les portiers.

Il les ignora et monta dans sa chambre.

Il ôta son pardessus gris et le jeta sur le lit avec son
chapeau melon. Il se doucha rapidement et composa
ensuite un numéro de téléphone à Londres.

– Voynich, répondit une voix grésillante.

– Bonjour, patron. Ici, Eco.

– Ce n'est pas du tout un bon jour.

– Mais il pourrait le devenir, répliqua Eco.

– Que veux-tu ? demanda la voix.

– J'ai intercepté une conversation intéressante.
Entre... un traducteur figurant sur notre liste... et
deux jeunes enfants.

– Quel traducteur ?

Eco précisa le nom.

– Que s'est-il passé exactement ? reprit Voynich.

– Il a rencontré les deux enfants à Venise. Ceux-ci
lui ont parlé d'un certain Morice Moreau. Et d'un
village appelé Kilmore Cove. Cela ne vous dit rien ?

---

1. Luxueux hôtel historique vénitien, situé dans l'ancien palais Dan-
dolo, datant du XVe siècle. Il a accueilli des hôtes illustres (George Sand
et Alfred de Musset, Goethe, Balzac, Zola...). *(N.d.T.)*

– Ça devrait me dire quelque chose ? rétorqua Voynich.

– Il est sur la liste.

Le dénommé Eco fit à son chef un bref résumé de l'affaire et en arriva à l'enveloppe contenant les instructions pour se rendre à Kilmore Cove.

– Et cette enveloppe avec les instructions, tu l'as prise ?

– Naturellement. Elle est ici. Devant moi.

– Ouvre-la, ordonna Voynich.

– Je voulais d'abord votre autorisation.

– Je te la donne.

Eco fit sauter le cachet de cire.

– Qu'y a-t-il écrit ? demanda Voynich, depuis Londres.

– Mmm..., marmonna l'homme au chapeau melon. Ce n'est qu'une feuille blanche.

– Une feuille blanche ?

– Exactement, patron. Une maudite feuille blanche. Qu'est-ce que ça peut bien signifier ?

Voynich ricana :

– Que nous avons affaire à un énième charlatan. À moins que les instructions pour atteindre ce mystérieux village ne consistent qu'en ça : une simple feuille blanche.

– Autrement dit, un lieu qui n'existe pas, déduisit Eco.

Il se mit à faire les cent pas.

– Que voulez-vous que je fasse, patron ?

– Laisse tomber le traducteur. Concentrons-nous plutôt sur cette histoire de Morice Moreau. C'est une affaire en suspens depuis longtemps, maintenant.

– En effet, approuva Eco.

– Tu sais où se trouve la maison ? s'enquit Voynich.

– Je peux la localiser très vite.

– Alors, va jeter un coup d'œil là-bas, décida le chef. Après quoi, nous aviserons.

– Parfait, patron. Et l'enveloppe ? La feuille ?

– Traitement standard pour les inutilités de ce genre.

Cette fois, ce fut Eco qui ricana :

– Avec plaisir, patron.

– Assure-toi seulement de régler ça sans excès, lui recommanda sèchement Voynich. Je n'ai aucune envie d'avoir à payer la réfection d'un étage entier du Danieli.

Eco mit fin à la communication. Il jeta par terre l'enveloppe contenant la feuille blanche et traversa la chambre d'un pas traînant, jusqu'à son parapluie. Il le prit, tourna le manche et fit jaillir de son extrémité

une mince flamme avec laquelle il réduisit les papiers en cendres.

Ensuite, il alla se changer dans la salle de bains. Il lissa sa barbe, élimina deux poils superflus qui pointaient hors de son oreille gauche. Il choisit un costume léger, replia sur son bras son pardessus couleur de cendre et sortit de l'hôtel en se dirigeant vers la fondamenta di Borgo.

Il y parvint une heure plus tard. Il reconnut la maison des Monstres et s'arrêta devant le portail fermé.

Un air apaisant de musique classique s'échappait des étages supérieurs.

Nom : **Eco**

Lieu et date de naissance : Bologne, le 9 décembre

Âge : 47 ans

Lieu de résidence : Pas de demeure fixe, Eco parcourt le monde pour le compte des Incendiaires. Dernière adresse connue : rue Righi, à Bologne.

Signes particuliers : Vaniteux, très sûr de lui. Il ne fréquente que les hôtels et les endroits les plus sélects.

Chapitre 8

Le retour à la maison

– Il s'est fichu de nous, dit Anita sur le chemin du retour.

– Comment ça ?

– Je n'en sais rien. Mais je t'affirme qu'il s'est fichu de nous.

– En tout cas, il t'a donné une montre.

– « Pour arriver à Kilmore Cove, voici ce qu'il vous faut... », répéta Anita en regardant le bracelet-montre. Qu'est-ce que ça signifie ?

– Et la comptine ? ajouta Tommi.

– Justement !

Ils continuèrent à marcher en silence.

– Sans parler du type avec le parapluie, reprit-elle enfin. Si ça se trouve, ils étaient de mèche.

– Dans quel but ?

– Se moquer de nous, décida Anita, s'immobilisant au bout d'une petite ruelle.

– *Noire est la maison des mille appels...*, récita Tommi. Pff !

– Oui, pff ! Et encore pff ! explosa Anita. Le résultat, c'est que je suis furieuse, maintenant. Et un peu angoissée. Je vois le type au parapluie partout.

Tommi ricana :

– Je te prête quand même les livres d'Ulysse Moore ?

– Je n'en sais rien. J'aimerais mieux ne plus penser à tout ça.

– C'est clair. Bon, à demain, alors.

– À demain.

Et ils se séparèrent, chacun se dirigeant vers sa maison.

Pendant qu'elle longeait toute seule la dernière partie du canal, Anita se sentait inquiète.

Elle avait la nette impression d'être observée. C'était évidemment une impression fausse. Quel qu'il fût,

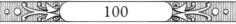

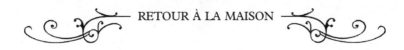

l'homme au chapeau melon n'en avait pas après elle. Ce qu'il voulait, c'était l'enveloppe contenant les instructions pour rejoindre Kilmore Cove.

Laquelle était vide en réalité.

Les véritables instructions se résumaient à une comptine enfantine et à cette montre qu'Anita portait au poignet. Cela signifiait-il... que l'homme au chapeau melon allait chercher à la retrouver, maintenant ?

– Mince ! balbutia-t-elle en tirant sur la manche de sa chemise pour cacher la montre.

Anita se dépêcha de rentrer chez elle. Après avoir appelé sa mère pour s'assurer qu'elle n'était pas dans la maison, elle alla récupérer le carnet de Morice Moreau dans la bibliothèque. L'ayant posé sur la table, elle l'examina.

Il y avait dans ce carnet et dans cette dédicace quelque chose qui lui échappait. Et que leur rendez-vous de l'après-midi ne l'avait pas aidée à éclaircir.

Anita ouvrit le carnet pour le refermer aussitôt. Et puis elle le rouvrit encore.

Elle passa en revue, pour la énième fois, la vingtaine de pages illustrées. La vignette de la deuxième page était vide, celle du château en flammes aussi, et la dernière...

Non !

Anita crut que son cœur s'arrêtait de battre. À l'intérieur de la vignette, la femme en fuite était revenue.

Elle était de nouveau là, exactement là où Anita l'avait vue pour la première fois.

– Tommi..., murmura-t-elle, effrayée.

Mais son ami n'était pas là.

Anita était seule dans la pièce. Seule chez elle.

Sans réfléchir, elle étendit la main au-dessus de la page.

Il lui fallut beaucoup de temps pour trouver le courage d'effleurer le dessin. Dès qu'elle le fit, elle fut saisie par un tourbillon de senteurs et de sons qui n'avaient rien à voir avec ceux de Venise. C'étaient les senteurs et les sons d'un bois. D'un jardin.

D'un... village lointain.

Puis vint la voix.

– Aide-moi, dit la femme dans la tête d'Anita. Aide-moi.

Elle inspira profondément.

– Qui es-tu ? demanda-t-elle au dessin.

– Je suis la dernière. Et j'ai besoin d'aide.

– La dernière quoi ?

– La dernière habitante du Village qui meurt.

« Le Village qui meurt », pensa Anita. Puis, sans raison, elle se mit à répéter dans sa tête la comptine du traducteur.

Si je perds le blanc au chêne aux hameçons, aux sapins jumeaux de l'aide je retrouve...

– Où es-tu ? reprit-elle.

– Je me cache.

– Tu es en danger ?

– Oui. Et je suis vieille, désormais.

– Pourquoi es-tu en danger ?

– Parce que je vis toujours ici. Et toi, qui es-tu ? Es-tu la fille de Morice ? questionna la voix.

De nouveau, Anita eut un coup au cœur.

– Non, répondit-elle dans un souffle. Je ne suis pas la fille de Morice.

– Qui es-tu, alors ?

– Je suis Anita. Anita Bloom.

L'image de la femme sembla trembler, un peu comme si un souffle de vent ridait l'encre noire avec laquelle elle avait été dessinée.

– Que t'arrive-t-il ?

– Je dois partir.

– Partir où ?

Les sons, les odeurs et la voix qui avaient envahi la tête d'Anita commencèrent à s'affaiblir.

– Il est arrivé, dit la femme.

– *Qui* est arrivé ?

Elle sentit que le contact diminuait. Elle retira sa main et vit que le dessin se décolorait rapidement, comme absorbé par le papier du carnet.

Soudain, elle entendit un bruit derrière elle. Une clef tournait dans la serrure de la porte.

Clic clic clic.

Anita se secoua. Elle ferma le livre, le cacha de nouveau au fond du tiroir où elle rangeait ses cahiers et courut embrasser sa maman.

Elles dînèrent tranquillement, en parlant de choses anodines, pendant que Mioli se frottait sans cesse contre leurs jambes, sous la table. Anita ne fit aucune allusion aux évènements de la journée.

Au moment de la vaisselle, Mme Bloom apprit à sa fille qu'elle avait eu M. Bloom au téléphone.

– Papa voulait savoir si nous avions des projets pour le prochain long week-end.

Anita laissa couler l'eau dans l'évier, jusqu'à ce qu'elle soit très chaude.

– Je n'en ai pas, répondit-elle.

Sa mère récupéra la pellicule transparente d'un emballage et s'en servit pour recouvrir une coupelle qui contenait le reste des légumes.

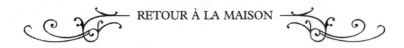

– Nous pourrions lui proposer de venir nous rejoindre, suggéra-t-elle.

– Ce serait génial ! s'exclama Anita.

Il y avait plus d'un mois, maintenant, qu'elle n'avait pas vu son père.

Sa mère ouvrit et referma le réfrigérateur.

– Ou alors, tu peux aller le voir, si tu veux.

– Et toi ?

– J'ai pris du retard dans mon programme de restauration, soupira Mme Bloom. Je ne peux pas m'arrêter maintenant...

Anita interpréta les sous-entendus de cette conversation : son père avait envie de la voir ; et sa mère préférait qu'Anita aille à Londres et non que son mari vienne à Venise, car ainsi elle ne serait pas obligée d'interrompre son travail à la maison des Monstres.

– Je vais y réfléchir, dit Anita.

Restée seule à la cuisine, elle finit de faire la vaisselle et rangea les assiettes sur l'égouttoir. Elle entendait sa mère aller et venir, se préparer un bain, passer un coup de fil à son père.

Elle ferma le robinet et essuya l'évier avec l'éponge. Dans le silence qui suivit, elle entendit un bruit bizarre : un grattement lent mais insistant.

Cela venait de la fenêtre de la cuisine.

Le chat avait grimpé sur le rebord et regardait dehors, en griffant la vitre, les poils hérissés.

– Mioli, descends !

Anita s'approcha du chaton et voulut le caresser. Nerveux, il lui échappa des mains, sauta à terre et cracha d'un air menaçant.

– Qu'est-ce qui t'arrive ?

Elle ne l'avait jamais vu dans un tel état. Elle se pencha vers lui, mais Mioli se sauva de la cuisine.

– Quel fou, ce chat !..., marmonna Anita.

Elle saisit les rideaux de chaque côté de la fenêtre pour les rabattre. Auparavant, elle jeta un coup d'œil dans la rue.

Un homme vêtu de noir était là, debout, juste devant la maison.

Anita le reconnut aussitôt. Il portait un chapeau melon noir et un long parapluie.

Il se tenait immobile près du canal et regardait vers le haut.

Vers sa fenêtre. Vers elle.

– Mince ! lâcha Anita.

Elle tira brusquement les rideaux et courut jusqu'au téléphone.

Elle composa le numéro en un temps record.

– Tommi ! L'homme au parapluie est ici ! Devant ma maison !

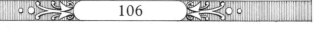

– J'arrive !

– Non, ça ne servirait à rien...

– Alors, appelle la police !

– Et je leur dis quoi ? Qu'il y a un homme avec un parapluie noir qui observe ma fenêtre ?

– Euh, bon, OK, mais... ne panique pas, tenta de la rassurer Tommi.

– Facile à dire ! On voit bien qu'il n'y a pas un bonhomme tout noir qui te fixe depuis la rue ! chuchota Anita.

– Attends.

Tommi la fit patienter quelques instants, puis il reprit la ligne :

– Oui, devant chez moi, il n'y a personne. Mais comment ce type a-t-il fait pour te trouver ?

– Aucune idée.

– La maison des Monstres ! s'exclama le garçon, faisant tressaillir Anita. Ce qu'on peut être bêtes ! Au café Duchamp, tu as expliqué où tu avais trouvé le livre et...

– Et il est allé là-bas. Et après, il a suivi maman !

– C'est ça ! On doit réagir, déclara Tommi, résolu. Je viens.

– Tommi ! Réfléchis un peu ! À quoi ça sert ? Tu risquerais de lui faire découvrir aussi où tu habites.

– Mais je ne peux pas te laisser toute seule !

Anita commença à raisonner :

– Ce que nous devons nous demander, c'est...

– Pourquoi ? Que veut-il ? enchaîna Tommi.

Anita colla le récepteur du téléphone tout contre son oreille.

– La seule idée qui me vient, c'est que... c'est qu'il veut le carnet. Au fait, Tommi, j'ai revu la femme de la vignette ! Elle était revenue. Et cette fois... je lui ai parlé.

– Oh, Anita !

– Je te jure ! Je lui ai parlé. J'entendais sa voix et elle entendait la mienne. Elle m'a demandé si j'étais la fille de Morice Moreau.

Tommi poussa un soupir incrédule :

– Et que lui as-tu répondu ?

– La vérité ! Et après, on aurait dit qu'elle avait peur. Elle m'a dit : il est revenu. Et le dessin a disparu.

– Qui ça, « il » ?

– Je l'ignore. Elle m'a répété qu'elle avait besoin d'aide. Et elle a ajouté qu'elle était la dernière habitante du Village qui meurt. Et que, maintenant, elle était vieille.

– Une seule chose à la fois, s'il te plaît... Nous devons raisonner dans l'ordre. D'abord, l'homme devant chez toi. Si c'est vraiment le carnet qu'il veut... la

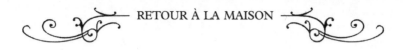

première chose à faire est de le cacher, déclara Tommi.

– Je suis de ton avis.

– Le problème, c'est que Chapeau Melon sait où tu habites, maintenant. Quand tu sortiras, il pourrait forcer la porte, mettre la maison sens dessus dessous et...

– Donc, il faut que je cache le carnet ailleurs, conclut Anita.

– Exact. Mais il pourrait te suivre. Comme il a suivi ta mère.

Anita déglutit avec difficulté :

– Zut! Zut! Trois fois zut! J'aurais mieux fait de laisser ce singe tranquille et de m'occuper de mes devoirs!

– Il est évident que ce carnet n'a rien d'un carnet ordinaire, observa Tommi. Il y a ces notes incompréhensibles. Et cette femme qui te demande de l'aide à travers ces pages... Il faut savoir qui elle est. Et comment il se fait qu'elle apparaît et disparaît. Et pour débrouiller tout ça... il n'y a qu'un moyen.

Anita garda le silence, attendant la conclusion.

– Le *Dictionnaire des langages oubliés*.

– Par conséquent, il faut aller à Kilmore Cove. Le traducteur prétend qu'il nous a donné les moyens d'y arriver...

– C'est juste, lâcha Tommi, songeur. Cette histoire de sapins jumeaux et de maison noire... Je n'y comprends rien, moi, à cette comptine !

– Sans oublier la montre avec la chouette ! ajouta Anita.

– Au moins, c'est une montre. Elle marche. Et elle a été fabriquée par Peter Dedalus en personne. Un génie de la mécanique. Voilà la personne qu'il nous faudrait ! Un génie comme Dedalus nous aiderait à remettre les choses en ordre. Parce que c'est un peu comme si on avait enclenché une sorte de... *mécanisme*, raisonna Tommi.

– En ouvrant le carnet ?

– Oui. Et maintenant que nous l'avons mis en branle, nous devons comprendre ce que nous avons déclenché. Il suffit peut-être de replacer le carnet dans sa cachette et d'attendre que ça se tasse. Si ça se trouve, Chapeau Melon n'est qu'un...

– Attends ! coupa Anita. J'aurais dû y penser plus tôt...

– À quoi ?

– J'ai peut-être un moyen...

– C'est-à-dire ?

– Aie confiance en moi, Tommi.

– J'ai confiance. Mais... ne fais pas de folies.

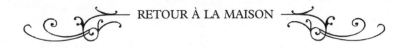

– Promis.

Anita raccrocha le téléphone et retourna dans la cuisine. Sans rallumer la lumière, elle risqua un coup d'œil à travers les rideaux, dans la rue. Chapeau Melon n'était plus là. Anita l'imagina en train de s'éloigner à grands pas, frappant en cadence le pavé humide avec son parapluie noir.

Elle retraversa le couloir, frappa à la porte de la salle de bains et, sa mère lui ayant répondu, elle entra.

– J'ai réfléchi, dit-elle d'emblée.

Elle alla se percher au bord de la baignoire. Sa mère, enveloppée d'un nuage de vapeur, la regarda d'un air interrogateur.

– Je voudrais rendre visite à papa, à Londres, annonça Anita d'une toute petite voix. Et j'aimerais bien aussi qu'il m'emmène en balade en Cornouailles.

Chapitre 9

Sur la route de Kilmore Cove

Par la vitre ouverte de la voiture, Anita jouait avec le vent. Elle tendait les doigts et le flux d'air entraînait sa main vers l'arrière.

Des nuages effilochés envahissaient le ciel. De chaque côté de la route s'étendaient des prés verts émaillés de fleurs champêtres blanches et jaunes. Des alignements de petits murs de pierres séparaient les champs, alternant avec des bosquets, de vieux arbres solitaires, de paisibles troupeaux de brebis.

Le père d'Anita avait lui aussi baissé sa vitre. Son coude dépassait à l'extérieur, ses manches de chemise étaient relevées. Et il souriait.

M. Bloom avait accepté sans hésiter la proposition de sa fille : quelle bonne idée que ce week-end de détente en Cornouailles !

Il était loin d'imaginer ce qui allait se passer...

En peu de temps, Anita avait tout organisé : après avoir réservé un billet d'avion sur Internet et rejoint l'aéroport Marco-Polo de Venise, elle avait atterri à l'aéroport londonien de Gatwick. Une fois son portable allumé, elle avait envoyé un SMS à sa mère *(Arrivée saine et sauve ! Déjeuner infect !)* et un autre à Tommi *(Opération ville cachée lancée)*, puis elle avait retrouvé son papa. Il l'attendait au niveau des arrivées, avec un ridicule petit chapeau à fleurs et une pancarte accrochée autour du cou : *FILLE DISPARUE.*

Anita n'avait pu retenir un éclat de rire.

La voiture attendait sur le parking. Les bagages de son père, peu encombrants, se trouvaient sur le siège arrière.

– Zennor, nous voici ! Tu as ton maillot ? avait-il plaisanté, faisant allusion au temps invariablement gris et humide. Une fois hors du parking, la lumière jaune des phares de la voiture avait semblé se liquéfier dans le brouillard.

– Du sang anglais coule dans nos veines, avait continué M. Bloom. Un peu d'air frais ne nous fait pas peur !

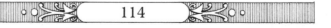

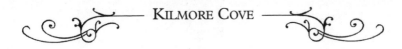

Et ils étaient donc partis. Au fur et à mesure que la capitale du Royaume-Uni cédait le pas à la campagne, se laissant grignoter au fil des kilomètres, le temps s'était peu à peu amélioré. Le vent s'était levé et, le ciel se dégageant, les nuages s'étaicnt espacés. Un bleu d'azur avait fait son apparition au-dessus de leurs têtes.

Après avoir dépassé l'embranchement pour Bristol et quitté l'autoroute, ils avaient descendu les vitres une bonne fois pour toutes, se laissant décoiffer par la brise.

Soudain, après un virage, la mer avait surgi. Une ligne blanche et bleue aussitôt disparue, masquée par un promontoire.

À compter de cet instant, ils n'avaient cessé de guetter sa réapparition, jouant à qui la repérerait le premier : à partir d'un virage, d'une hauteur... Pour finir, l'océan s'éclipsa derrière la longue route rectiligne qui conduisait à Zennor.

Zennor.

Une poignée de maisons.

Et un mystère en forme de comptine.

Comme c'était la basse saison, Anita et son père se retrouvèrent dans un village où de nombreux volets

étaient fermés. Au-dessus des rues désertes, des escouades de mouettes faisaient la ronde.

– Mmm... tout a changé depuis la dernière fois, maugréa M. Bloom en s'engageant sur une petite route.

Anita, quant à elle, contemplait le paysage : les maisonnettes en pierre sombre et en bois serrées les unes contre les autres, les murettes qui formaient des motifs géométriques, le ciel empourpré par le coucher du soleil sur la mer.

L'hôtel surgit au bout de la route suivante. C'était un modeste *bed & breakfast* qui n'avait ouvert que pour eux, blotti entre deux cottages blancs, avec un petit jardin bien vert et une façade couverte de plantes grimpantes. Une véritable maison de conte de fées.

– Nous voici arrivés ! s'exclama joyeusement M. Bloom, qui, sans nécessité, mit son clignotant.

Anita et son père firent connaissance avec la propriétaire, montèrent leurs valises dans leur chambre sous les toits et ouvrirent la lucarne donnant sur la mer.

Ensuite, ils descendirent se promener aux alentours, mangèrent une soupe aux haricots très relevée

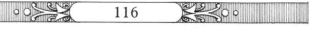

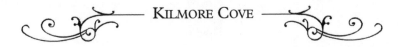

dans le seul restaurant ouvert et discutèrent avec le patron, qui arborait de longues moustaches en guidon de vélo. «Les temps changent irrémédiablement», tel fut le sujet de la conversation.

Pour Anita, le temps pressait, point final. En réalisant qu'elle était vraiment à Zennor, elle fut gagnée par une certaine tension. Et par un sentiment de frustration : elle ne voyait pas du tout comment résoudre l'énigme de la comptine.

– Avez-vous entendu parler d'un village qui s'appelle Kilmore Cove ? demanda-t-elle de but en blanc au restaurateur.

– Non, désolé, lui répondit celui-ci avec une précipitation suspecte.

Et il ne retourna pas à leur table pour bavarder. En revanche, il s'obstina à les observer depuis le fond de son restaurant, sans les quitter des yeux.

La lumière filtrait à travers les rideaux de la chambre. Anita n'arrivait pas à dormir. Elle pensait à la comptine et au peu qu'elle savait de Kilmore Cove. Elle avait lu les premiers livres d'Ulysse Moore que Tommi lui avait prêtés. Et elle avait découvert que ce village ne figurait plus sur les cartes depuis au moins soixante ans.

C'était une sacrée idée.

Faire disparaître un village tout entier. Le tenir à l'écart du reste de la civilisation. Loin des avions et des TGV, des fêtes et des évènements du monde, des gratte-ciel et des parkings.

C'était un peu comme la Venise que voulaient sans doute les Vénitiens. Un refuge sûr, toujours pareil, pour se protéger de ce qui change.

Tout à coup, la pluie se mit à tomber. Une pluie fine et ténue qui effleurait doucement les vitres, légère comme une caresse. Et Anita finit par s'endormir.

Le lendemain, les bêlements d'un troupeau de brebis qui passaient sur la route devant le *bed & breakfast* les tirèrent de leur sommeil. Le père d'Anita, inquiet, s'assura que les bêtes n'abîmaient pas sa voiture. Une fois le danger écarté, il s'étira en long et en large :

– Quelle journée splendide !

– Un temps de rêve pour une balade à bicyclette ! suggéra Anita, coupant court au réveil « athlétique » de son père.

– Bi... bicyclette ? balbutia-t-il en se raidissant.

– Oui ! insista sa fille, se glissant hors des draps encore chauds. On loue des vélos et on part en balade sur la côte. Ou à travers les prés.

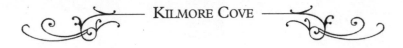

– Bonne idée, mentit son père, qui n'avait visiblement aucune intention de se fatiguer à pédaler. Mais
d'abord, on déjeune !

Les deux vacanciers mangèrent des scones tout
juste sortis du four avec de la confiture de myrtilles
maison. Anita osa demander à la propriétaire du *bed
& breakfast* si elle avait entendu parler de Kilmore
Cove.

Mais elle aussi affirma ne rien savoir à ce sujet.

– Zut !

Anita modifia alors sa tactique. Elle pensa au premier vers de la comptine et, après avoir essuyé le lait
qui dessinait des moustaches au-dessus de ses lèvres,
elle s'enquit à brûle-pourpoint :

– Et... le « chêne aux hameçons », il est loin ?

Son père la fixa avec curiosité :

– Quel nom extravagant, pour un arbre...

Anita ne quittait pas des yeux le visage de la propriétaire, dont les nombreuses rides formaient une
sorte de carte à décrypter.

– Quel nom as-tu dit, petite demoiselle ?

– Chêne aux hameçons, répéta Anita.

La patronne leva les sourcils. Elle regarda au-
dehors. La fenêtre entrouverte laissait entrer un

parfum iodé auquel se mêlait l'odeur plus âcre du bétail.

– Il y a très longtemps que je ne l'ai pas entendu nommer de cette manière. Drôlement longtemps, dit-elle.

Boum, fit le cœur d'Anita.

– Comment se fait-il que tu en aies entendu parler ? demanda soudain la patronne.

– Il est cité dans une comptine.

– Une comptine ? Et que dit-elle, cette comptine ?

– Je ne m'en souviens pas exactement, prétendit en souriant Anita. Mais elle mentionne le chêne aux hameçons de Zennor.

– Ma fille vit en Italie, glissa M. Bloom, comme si cette information avait une quelconque utilité.

L'hôtelière haussa les épaules.

– Ben, fit-elle, de toute façon, cette comptine ne dit pas vrai. Car il n'y a pas de chêne aux hameçons à Zennor.

Boum boum, fit le cœur d'Anita, car la déception était cuisante.

La propriétaire s'éloigna de quelques pas. Puis elle s'immobilisa en soupirant et confia :

– Le chêne se trouve juste à la limite du territoire du village.

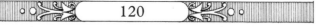

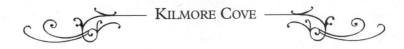

Elle fit un geste en direction de la mer :

– À cinq kilomètres au moins, en bordure de la côte. S'il est encore là...

Puis son visage se détendit en un large sourire :

– En tout cas, s'il est toujours là, vous ne pouvez pas le manquer. Noir et laid. Avec toutes ces malchances pendues à ses branches.

– Des malchances ? lâcha d'un ton interrogateur le père d'Anita en mordant dans un scone.

– On l'appelle le chêne aux hameçons parce que les lignes des pêcheurs perdus en mer sont accrochées à ses branches. Quand un marin ne rentre pas, monsieur, quelle qu'en soit la raison, ce n'est jamais parce qu'il a eu de la chance.

Un peu plus tard, sur la côte...

– Allez, du nerf ! Pédale ! criait Anita à son père, en se retournant vers lui.

M. Bloom n'était plus qu'un petit point noir au sommet du chemin de terre qui descendait vers la plage. Un petit point noir qui chancelait sur une bicyclette.

En contrebas, Anita entendit qu'il relâchait les freins et elle le vit accélérer sur les cailloux et les nids-de-poule.

– Pas comme ça ! Doucement ! Freine ! hurla-t-elle en serrant les dents chaque fois qu'il tressautait sur le terrain. Relève-toi au-dessus de ta selle ! Mets-toi debout sur les pédales !

Mais son père continua imperturbablement à encaisser chaque secousse en faisant crisser les freins – on aurait cru entendre hurler un animal préhistorique !

Au bout de la pente, lors du dernier soubresaut, la bicyclette lui échappa et alla s'écraser sur les pierres. Par miracle, il réussit à ne pas tomber.

– Aaaaaaah ! s'écria-t-il.

– Il y a une éternité que tu n'avais pas fait de vélo, hein ? rigola Anita, amusée par cette scène.

« Encore heureux que je sois vivant », semblait penser son père.

– Oui, j'ai toujours détesté ça, reconnut-il en relevant la machine.

– Tu aurais pu me le dire.

– Et rater le célèbre chêne aux hameçons ? Au fait, où se trouve-t-il, en principe ?

– La dame a dit à cinq kilomètres.

Anita regarda la longue plage de galets qui s'étirait devant eux jusqu'à un promontoire verdoyant.

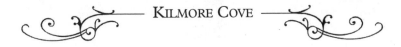

Son père, au contraire, examina d'un air soucieux la descente dont il s'était tiré indemne, pensant déjà à la remontée. Il tamponna son front en sueur à l'aide d'un mouchoir, puis il vérifia qu'il avait bien sa gourde en bandoulière, deux paninis au fromage, ses lunettes de soleil et le livre qu'il désirait lire depuis au moins un mois.

– Allons-y, dit-il après inspection.

Anita se remit à pédaler, et les roues s'enfoncèrent entre les cailloux de la plage, laissant derrière elles un sillon semblable à un serpent, que les eaux venaient inonder et effacer.

Tantôt ils devaient se rabattre rapidement pour éviter d'être emportés par une vague trop ample ; tantôt la mer se retirait sur plusieurs mètres, laissant à découvert une zone humide semée d'algues et de cailloux lisses.

Dès qu'ils eurent dépassé le promontoire, ils virent le chêne aux hameçons. La propriétaire du *bed & breakfast* avait raison de dire qu'on ne pouvait le manquer. C'était un arbre solitaire dont la couleur noire était de mauvais augure. Il se dressait à la lisière des prés, à l'endroit précis où commençait la plage. Son tronc massif lui donnait un peu l'aspect d'une tour de guet.

En approchant de l'arbre, Anita perçut un bruit étrange. Elle remarqua bientôt, attachés aux branches, une multitude de fils : des lignes de pêche au bout desquelles oscillaient des hameçons recourbés de différentes tailles. Agités par le vent, ils se heurtaient les uns aux autres, ou cognaient contre le tronc, produisant un son mélodieux.

– Ils portent aussi le nom de « rappels pour les anges », observa M. Bloom quand ils descendirent de bicyclette. Tu sais, ceux qu'on accroche aux portes.

– Alors que ça, au contraire, c'est un rappel pour... les âmes des marins, murmura Anita.

Le chêne aux hameçons était très ancien. Sur son tronc, de nombreux noms étaient gravés, suivis d'autant de dates. *Jonathan, 1929. Les jumeaux Eb, 1886. Matthew, 1992.*

– Cet endroit est fascinant, commenta le père d'Anita en passant sa main sur l'écorce.

Anita aurait aimé savoir manier le pinceau, afin de peindre cet arbre tintinnabulant comme l'aurait fait Morice Moreau. Elle avait l'impression que le carnet du peintre, dans son sac à dos, pesait aussi lourd qu'une pierre.

Elle repensa à la comptine du chemin de Kilmore Cove. *Si je perds le blanc au chêne aux hameçons...*

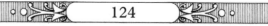

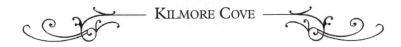

Elle avait trouvé le chêne aux hameçons. Pourtant, ces paroles n'en devenaient pas plus claires.

Son père étala un plaid sur la plage, s'installa dessus et ouvrit son livre.

– Ah, enfin ! s'exclama-t-il, béat, en s'allongeant au soleil.

Il but une gorgée d'eau, puis en proposa à sa fille, qui refusa.

– Tu es sûre ?

Oui, Anita était sûre. Sûre de se trouver au bon endroit. Et de ne pas y être parvenue par hasard. Le traducteur voulait qu'elle parte d'ici. De cet arbre. Mais dans quelle direction ?

Levant sa main en visière, elle regarda vers l'arrière-pays. Un sentier s'amorçait au pied du chêne et se perdait ensuite parmi les herbes, dans une nuée de papillons. La plage, au contraire, poursuivait sa course vers le sud. Anita se mordilla la lèvre, indécise. Sa première idée fut de parcourir la côte, méthodi-quement, jusqu'à ce qu'ils rejoignent Kilmore Cove. Si c'était un village donnant sur la mer, ils finiraient tôt ou tard par le trouver. Mais pour appliquer cette tactique, elle devait convaincre son père de la suivre...

Elle consulta la montre de Peter Dedalus. Il était presque onze heures du matin.

Si je perds le blanc...

Les hameçons différaient tous les uns des autres. Peut-être que l'un d'eux était blanc? Prenant garde à ne pas se piquer, Anita chercha un hameçon blanc.

– Mais si jamais il y en a un? Comment ferais-je pour le perdre? s'interrogea-t-elle à voix haute.

– Que dis-tu, ma chérie? lui demanda son père depuis la plage.

– Rien!

Un hameçon blanc. Un hameçon blanc.

L'écorce était couverte de noms et de dates gravés. Rien de blanc là non plus.

Alors qu'elle effleurait les noms avec ses doigts, l'un d'eux attira son attention.

– *Pénélope Moore, 1997*, lut-elle en scrutant le tronc.

Elle leva les yeux, regardant entre les fils de pêche : elle distinguait, à travers les branches, un bout de ciel strié de nuages blancs.

Ensuite, elle examina le sentier qui s'enfonçait dans les prés. Il rejoignait peut-être le bois lointain?

Je perds le blanc, se dit-elle.

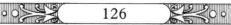

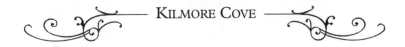

Et si le blanc, c'étaient les nuages ? Perdre les nuages pouvait signifier... ne plus voir le ciel ? Entrer dans le bois ?

Pas terrible, comme déduction.

Pourtant, Anita décida de tenter l'aventure.

Elle expliqua à son père qu'elle avait envie de se balader à bicyclette le long du sentier, et reçut pour toute réponse un grognement satisfait.

– Je t'attends ici.

– Si je reviens tard, papa... on se retrouve directement à l'hôtel, décida-t-elle.

M. Bloom abaissa son livre.

– Mais tu ne reviendras pas tard, n'est-ce pas ?

Anita se contenta de sourire.

– Fais attention ! l'admonesta son père. Ne va pas t'égarer !

Puis, tandis que sa fille s'éloignait dans le pré, il ajouta :

– Et ne dis pas à ta mère que je t'ai laissée partir comme ça ! Si elle le savait...

Chapitre 10

Le blanc

Le sentier n'était pas très fréquenté et devint vite trop étroit pour qu'Anita continue à bicyclette. Elle mit pied à terre et poussa son vélo. Ainsi qu'elle l'avait imaginé, ce sentier menait au petit bois qui se trouvait au-delà des prés. Elle y pénétra sans même y prendre garde, se laissant envelopper par la fraîcheur. Le sous-bois, qui résonnait du bourdonnement des insectes, était émaillé de fleurs sauvages. Quand elle leva les yeux, très vite, Anita ne vit plus qu'un enche-vêtrement de branches au-dessus de sa tête.

Puis le chemin se divisa en deux.

Un peu avant la bifurcation, une pierre, couverte d'herbe, avait été dressée. Anita la déplaça avec son pied et découvrit deux signes peints sur la roche. L'un blanc, et l'autre jaune.

– Sentier blanc et sentier jaune, murmura-t-elle. Je crois que je commence à comprendre.

Perdre le blanc pouvait signifier *ne pas* suivre le sentier blanc.

– Je perds le blanc et je suis le jaune.

C'était une solution.

Elle l'adopta.

Le sentier jaune s'enfonçait plus profondément dans le bois, puis commençait à grimper. Les pluies hivernales avaient détrempé la terre meuble, mettant à nu de grosses roches et des racines saillantes. Anita dut porter la bicyclette à plusieurs reprises.

Après la montée, le sentier redescendit jusqu'à une dépression caillouteuse, d'où l'on apercevait de nouveau la mer.

Là, Anita tomba sur une deuxième bifurcation. Elle découvrit les signes peints sur une pierre qui se trouvait tout près.

Et elle choisit une fois encore de ne pas suivre le sentier blanc.

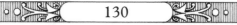

Elle atteignit alors une clairière. Un pré à perte de vue d'où montait la rumeur d'un troupeau. Des brebis y paissaient tranquillement. Elle aimait bien les brebis, mais n'avait pas très envie d'être poursuivie par un bouc aux cornes enroulées ! Elle traversa donc le pré à toute vitesse.

Une fois de l'autre côté, Anita consulta sa montre : elle faisait route depuis plus d'une heure. Elle n'avait emporté ni eau pour se désaltérer, ni panini pour apaiser sa faim. Et son estomac commençait à crier famine.

Son téléphone portable sonna. Un SMS de Tommi.

Ici à Venise, tout va bien. Chapeau Melon invisible. Ennui mortel. Et toi ?

Anita commença à lui répondre mais, au bout de quelques mètres, le signal de réception disparut de son écran. Elle lui enverrait un message plus tard.

Elle l'ignorait, mais, à partir de cet endroit, les téléphones portables ne fonctionnaient plus.

Marchant dans le bois, puis à travers un autre pré, elle découvrit un ruisseau qui courait dans l'herbe. Elle s'approcha pour boire mais trébucha et atterrit jusqu'aux genoux dans l'eau froide. Le lit du ruisseau était vaseux, boueux, et son bord glissant et noirâtre.

En remontant sur la berge, elle se salit de la tête aux pieds. Elle ôta l'élastique de ses cheveux, et le remit plus serré.

« Ce n'est pas une chute de rien du tout qui va m'arrêter », pensa-t-elle.

Et elle reprit sa route.

Le sentier *qui n'était pas* blanc la conduisit devant une paire de sapins, issue d'un même tronc, en forme de V. Peu avant les sapins, la piste se divisait en deux une fois de plus. Et les signes de couleur différente étaient peints directement sur l'écorce.

Anita fit halte pour reprendre son souffle. Il y avait maintenant deux heures qu'elle marchait. Et elle n'avait aucune idée de l'endroit où elle se trouvait. De quel côté était la mer ? Elle avait effectué tant de tours et détours qu'elle n'aurait su le dire.

Elle s'assit.

Autour d'elle montait un agréable parfum d'oxalis – l'oseille sauvage – et des insectes bourdonnaient. Elle contempla les deux arbres.

Deux sapins sur le même tronc. Deux arbres jumeaux ?

Aux sapins jumeaux de l'aide je retrouve…

Étaient-ce ces arbres-là ?

Anita eut beau examiner les alentours, elle ne repéra aucune sorte d'aide. Ni parmi les pierres,

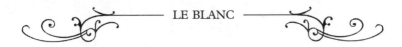
ni dans les pins. Il n'y avait rien de rien, mis à part le gazouillement des oiseaux et le bruissement des feuilles dans les arbres.

Les deux sentiers indiqués sur le tronc étaient : un bleu, à droite ; et un blanc, à gauche. L'un continuait à monter. L'autre descendait.

Anita aurait plutôt choisi le sentier bleu. Mais, à ce stade, la comptine disait : *de l'aide je retrouve*. « Je ne trouve pas », pensa-t-elle.

Il s'agissait apparemment d'une aide en quelque sorte... perdue ?

La seule chose qu'Anita avait « perdue » à l'endroit du chêne était le sentier blanc.

Fallait-il maintenant qu'elle... change de sentier ?

Qu'elle passe de ce qui *n'était pas* blanc à ce qui était blanc ?

Anita avança la tête dans le V que formait le tronc fourchu et regarda devant elle la forêt qui s'étendait en une longue suite de collines vallonnées.

Shamrock Hills, Ulysse Moore les appelait ainsi dans ses carnets. Les collines de l'oxalis. Mais, ça, Anita ne pouvait pas le savoir non plus.

« De quel côté ? » se demanda-t-elle.

Soudain, elle choisit le sentier blanc.

Et elle s'enfonça dans le bois.

Une demi-heure plus tard, pressentant soudain qu'elle revenait sur ses pas, Anita s'arrêta net. Elle venait de reconnaître une partie du paysage : un rocher, un groupe d'arbres, une clairière.

– Zut ! marmonna-t-elle.

Le sentier blanc effectuait une sorte de grand détour circulaire dans la forêt, puis retournait vers les arbres jumeaux.

Pourtant, pendant tout ce parcours, Anita n'avait pas rencontré une seule bifurcation.

Pensant à la comptine, elle s'attendait à tomber sur une maison noire. Ou bien sur une roche, une grotte, quelque chose qui aurait pu ressembler à «la maison aux mille appels». À la limite, sur un sentier de couleur indigo.

Noire est la maison des mille appels qui disent : l'indigo indique le repaire !

Rien de tout ça, au contraire. Juste la forêt, la forêt, et encore la même forêt interminable.

Il commençait à se faire tard : près de trois heures s'étaient écoulées depuis qu'Anita avait laissé son père sur la plage.

Et son téléphone portable qui ne fonctionnait pas !

Que pouvait bien représenter la maison des mille appels ? Les appels des oiseaux ?

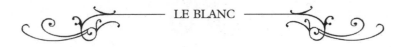

Peut-être était-elle passée à côté sans la voir ? Il devait y avoir un secteur où les appels...

Au lieu d'achever le parcours circulaire et de se présenter encore une fois devant les arbres jumeaux, Anita revint sur ses pas afin de parcourir en sens inverse le sentier qu'elle venait de suivre. Ainsi le verrait-elle sous une perspective différente.

Quelque chose avait dû lui échapper ! Un ruban indigo lié à une branche ? Une pancarte noire ? Une maison cachée par la végétation ?

Mille appels. Mille appels.

Le bois était rempli d'appels : animaux s'agitant dans le feuillage, cris d'oiseaux, d'insectes. Comment pouvait être leur maison ?

Elle était de couleur noire, selon la comptine.

Mais, le long du sentier, il n'y avait rien de noir.

Sauf, peut-être...

Anita refit un bon bout de chemin avant de s'arrêter de nouveau pour écouter. Ici, le sentier se creusait en arc de cercle, formant un espace rocailleux cerné d'un talus en pente peu herbu et de buissons clairsemés. Les arbres particulièrement touffus créaient une sorte de voûte ouatée et sombre.

Pleine de silence.

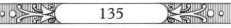

Quand Anita y était passée la première fois, elle avait éprouvé une drôle de sensation et avait poussé sa bicyclette beaucoup plus vite. Maintenant, elle ressentait de nouveau la même chose.

Qu'est-ce que c'était?

Au cœur de cette petite cuvette à l'abri du vent, les bruits de la forêt se trouvaient comme assourdis. On entendait les gazouillis des oiseaux, des bruissements... les mêmes sons que dans le reste du sentier. Mais il y avait aussi quelque chose de différent.

Quand on écoutait attentivement, on percevait... une voix très éloignée?

Oui! Une voix!

Qui disparut très vite, pourtant. Et puis qui revint.

«Ce n'est pas la même», pensa Anita.

Cette deuxième voix possédait un timbre différent. Elle vibra pendant quelques secondes, et s'évanouit.

Anita tressaillit. Elle avait cru entendre également un bruit plus sec. Tel un cliquetis de machine à écrire. Une sonorité...

– Métallique, murmura-t-elle, de plus en plus stupéfaite.

Tic tic.

Ce son était réellement insolite, au milieu d'un bois.

Tic tic. Et ensuite, une voix lointaine.

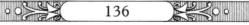

D'où cela provenait-il ? Anita leva les yeux. Fallait-il chercher au-delà de la dépression rocailleuse ?

Tic tic. Et la voix disparut.

Anita se décida. Abandonnant sa bicyclette dans le sentier, elle commença l'ascension du talus en essayant de faire le plus doucement possible.

Tic tic. Une nouvelle voix. Très plaintive. Et très lointaine.

Tic tic. Voix aiguë.

Quand elle atteignit l'arête de la cuvette et se redressa, elle exulta. Il y avait là, au milieu de la forêt, une baraque en bois entièrement noire. Un écheveau de câbles et de fils sombres pénétrait à l'intérieur et en ressortait pour se perdre ensuite entre les arbres.

Le cliquetis et les voix venaient de là.

La noire maison des mille appels.

Chapitre 11

De retour du collège

Lorsque la route côtière obliqua vers la mer, Jason Covenant enfila son blouson imperméable et saisit sur le siège voisin la courroie qui enserrait ses livres de classe. Posant ses mains sur le dossier du siège situé devant lui, il se leva.

– Hé, Covenant ! Où tu vas ? siffla le plus petit des cousins Flint, assis à l'arrière du minibus.

– Ouais…, fit le plus grand – un voyou d'un mètre quatre-vingts, dont la chevelure épaisse et bouclée ressemblait à une broussaille. T'es pas encore arrivé à ta bicoque !

– Une bicoque, tu peux le dire, cousin, intervint le Flint de taille moyenne, le gros lard, qui grignotait une barre au chocolat et au miel – achetée, ou alors, qui sait ? volée à la pâtisserie Chubber.

Jason les ignora. Il toisa ses autres camarades d'un air hautain, auquel ils répondirent de même. Tout le monde connaissait les cousins Flint. Et tous savaient que c'était un trio de crétins. Mais tous se gardaient d'avouer leur satisfaction secrète : le fait que les cibles favorites des Flint soient Jason, sa sœur Julia et, quand il prenait le minibus, Rick Banner.

Ce jour-là, Jason se trouvait seul. Julia se soignait à la maison. Quant à Rick... eh bien, il avait décidé que l'hiver était fini.

Même s'il pleuvait encore un jour sur deux, le garçon aux cheveux roux enfourchait la bicyclette de son père et rejoignait chaque jour le collège de Saint-Ives à vélo. Parfois, on le voyait filer à toute vitesse sur la route, surtout sur le trajet du retour, en grande partie en pente. Il dépassait le minibus, la main levée en signe de salut, et tous les élèves, sauf les cousins Flint, s'agglutinaient contre les vitres en hurlant : « Voilà Banner ! Voilà Banner ! »

Et M. Rosemeyer, le chauffeur de Kilmore Cove, faisait retentir son avertisseur.

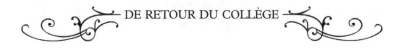

– Dis donc, Covenant, tu réponds, oui ou non ?
bêlèrent les Flint, revenant à la charge.

Jason gagna l'avant du bus.

– Laisse tomber…, lui murmura le jeune Ginger,
un garçonnet osseux tout en nez et lunettes, dont le
seul atout était d'être le fils du maire. Ils ne savent
pas quoi f…

Jason lui répondit par un soupir. Une fois assis
au bord du siège du premier rang, il demanda à
M. Rosemeyer s'il pouvait le déposer au virage du
phare.

– Ensuite, tu te débrouilles seul pour rentrer chez
toi ? s'informa le chauffeur, en le fixant de son regard
bizarre.

On ne pouvait pas dire que M. Rosemeyer louchait
véritablement. Mais ses yeux convergeaient légèrement. Et, s'il parlait avec les passagers du minibus,
le véhicule se mettait à tanguer dangereusement sur
la chaussée.

– Bien sûr, monsieur Rosemeyer, le rassura Jason.

Le chauffeur put se concentrer de nouveau sur la
conduite.

Tous les enfants regardèrent la route pentue.

– Ça va te faire une belle trotte, par la falaise,
observa le jeune Ginger.

– Je prendrai peut-être la barque..., expliqua Jason.

– Tu devras quand même te taper une sacrée grimpée jusqu'au belvédère, souligna le fils du maire.

Au loin s'élevait le piton rocheux de Salton Cliff, situé à l'opposé du phare, et, juste au sommet de la falaise, la tourelle pointue de la Villa Argo. La maison de Jason.

– Oui, admit le jeune Covenant. Mais je dois donner à manger à la jument de Léonard.

Le jeune Ginger hocha la tête. Il avait toujours eu un peu peur du gardien du phare, avec son inquiétant bandeau sur l'œil.

– Il est encore en voyage ? s'enquit-il.

– Oui.

– Tant mieux pour nous, rigola Ginger, remontant ses lunettes sur son nez.

– Virage du phare ! annonça M. Rosemeyer, en freinant brutalement.

D'un grand coup de coude démonstratif, il mit son clignotant et rabattit le minibus scolaire sur le côté gauche de la route, effectuant presque un tête-à-queue.

La plupart des jeunes passagers laissèrent échapper quelque chose par terre.

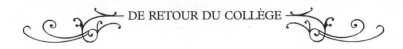

– Hé ! C'est quoi, cette manœuvre ? protesta, du fond du bus, le plus petit des cousins Flint.

– Mon croquant au chocolat est tombé ! se plaignit le moyen.

– Tu pourrais faire gaffe ! cria le grand.

Le chauffeur se retourna pour foudroyer le trio du regard.

– Silence, vous trois ! Soyez sages !

– Et toi, apprends un peu à conduire ! répondit en ricanant l'un des Flint, dissimulé derrière un siège.

La porte du minibus s'ouvrit avec un sifflement d'air comprimé.

Jason descendit le marchepied et sauta à terre.

– Salut tout le monde ! lança-t-il.

– Ciao, Covenant, répondit M. Rosemeyer. On se voit demain. Le bonjour à ta sœur.

Jason esquissa un salut militaire. Puis la porte se referma et le chauffeur enclencha le levier de vitesses dans un grincement de tracteur. Il redémarra à toute pompe au milieu d'un nuage de fumée noire.

Jason resta en bordure de la route, saluant ses camarades de classe d'une main levée. Il la baissa en voyant les Flint, qui lui adressèrent des gestes obscènes jusqu'à ce que le minibus ait disparu au tournant.

Jason serra les poings. «Je dois les ignorer, se dit-il. Comme le fait ma sœur Julia.»

Mais ni lui ni Rick ne réussissaient à dédaigner complètement les trois cousins. Mal élevés, perfides et incroyablement bêtes, les Flint étaient de vraies calamités. Jason aurait donné cher pour leur infliger la leçon qu'ils méritaient.

Il soupira, réussissant peu à peu à se calmer.

Après avoir observé un instant le vol des mouettes, il mit en bandoulière sa lanière de livres et s'engagea dans le petit chemin peu fréquenté qui descendait jusqu'au phare.

Le soleil était haut dans le ciel et la journée s'annonçait belle. Après les pluies de la veille au soir, la terre était agréablement humide. Jason marchait d'un pas rapide vers le phare blanc érigé au bout du promontoire. Au-delà, la mer scintillait.

L'esprit dégagé de toute pensée, il atteignit les deux constructions basses accolées au phare. La première était le logis de Léonard Minaxo et de sa femme, Calypso, la bibliothécaire du village. Cette maison, qui, quelques années plus tôt, avait un aspect froid et rébarbatif, se voyait depuis quelque temps agrémentée par de grands bacs de géraniums rouges,

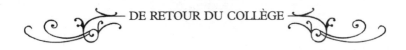

disposés de chaque côté de l'entrée et accrochés aux grilles des fenêtres du rez-de-chaussée, ainsi que par des rideaux à fleurs.

La «méthode Calypso» avait fait des miracles.

La seconde construction abritait l'écurie. En reconnaissant le pas de Jason, la jument de Léonard hennit.

– J'arrive! J'arrive! dit en riant le garçon.

Il posa ses livres dehors et entra caresser Ariadne. Il la fit sortir de son box pour la promener autour de la maison.

– Une bonne petite balade, hein, ma toute belle!

La jument de Léonard rua de contentement. Jason prépara du foin dans sa stalle et la pansa.

C'était incroyablement relaxant de s'occuper de l'animal. Le jeune garçon termina sa tâche en un quart d'heure, et promit à la jument de passer la revoir avant le soir, en compagnie de Rick. Ariadne souffla, quêtant un peu de sucre.

– Ce soir! promit Jason. Ce soir!

Puis il s'éloigna sur le chemin du retour. Il n'avait pas envie de prendre la barque et de ramer jusqu'à la petite plage privée de la Villa Argo pour être obligé d'emprunter ensuite le petit escalier très raide de la falaise.

Il préférait la voie normale : avec un peu de chance, une fois au village, il tomberait sur son père qui rentrait du travail et se ferait raccompagner en voiture. Sinon, il arriverait chez lui avec une vingtaine de minutes de retard sur son horaire habituel.

Il rejoignit la route principale à l'endroit où M. Rosemeyer l'avait déposé, et se dirigea vers le tournant qui masquait la baie de Kilmore Cove. Au-delà du virage, une mauvaise surprise l'attendait.

Ou plutôt, trois mauvaises surprises.

Les cousins Flint s'alignaient en travers de la route, tels des pistoleros tout droit sortis d'un western.

– Salut, Covenant, lui lança le plus petit, placé comme de coutume entre les deux autres.

Les cousins Flint se ressemblaient beaucoup, avec leur teint pâle, leurs cheveux bouclés en bataille, et leurs vêtements négligés ; mais leurs tailles et leurs corpulences différaient. Le plus petit et le plus grand étaient très maigres. Le moyen était au contraire gros et mollasson.

Jason ne tourna pas autour du pot.

– Que voulez-vous ? lança-t-il.

– Hé, cousins, il nous demande ce qu'on veut, fit le petit Flint, le chef de la bande.

– Oui, il demande ce qu'on veut, répéta le grand Flint, le gros bras de la bande.

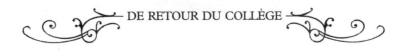

– Hé, hé, hé, fit le moyen Flint, le plus stupide des trois.

Ce dernier prit brusquement un air interrogateur et demanda au petit :

– Mais... qu'est-ce qu'on veut, cousin ?

Celui-ci lui flanqua une grosse bourrade.

– Tu le sais très bien, ce qu'on veut.

Jason se tenait toujours immobile au bord de la route.

– On ne veut pas d'étrangers à Kilmore Cove, déclara le petit Flint.

– Pas d'étrangers ! répéta le gros mollasson.

– Surtout ceux qui puent le citadin à mille kilomètres ! renchérit le plus grand.

– Et comme par hasard, il y en a qui crèchent maintenant en haut de notre falaise..., reprit le chef de la bande.

«Toujours la même histoire», pensa Jason. Il se remit à marcher vers le village en hochant la tête. «Je dois les ignorer. C'est tout.»

Cependant, quand il arriva à leur hauteur, le grand Flint le refoula d'une poussée et lui barra le chemin.

– Dis donc, Covenant ! lança-t-il. Tu as entendu mon cousin ?

– Je l'ai très bien entendu, répliqua Jason en les narguant tous les trois. Et je m'en balance !

Le grand et le moyen Flint regardèrent le petit Flint, qui sourit d'un air mauvais.

– Tu n'as pas le droit de t'en balancer, Covenant. Parce que nous, on ne s'en balance pas ! dit-il.

– Nous, non, lui fit écho le grand Flint.

– Nous, non, on *lance* pas, souligna le moyen Flint, qui se prenait pour un dur.

Jason eut un ricanement sarcastique :

– Vous voulez que je vous dise ? Tout à l'heure, dans le minibus, je pensais : mais que peuvent-ils bien faire au collège, ces trois abrutis ? Non seulement vous débitez un tas d'idioties, mais, en plus, vous ne savez même pas vous exprimer comme il faut !

Et il repoussa vigoureusement le moyen Flint.

Cette bourrade prit celui-ci par surprise, et il faillit dégringoler dans le fossé.

– Hé ! Il m'a frappé ! s'écria-t-il.

– Je ne t'ai pas frappé ! rétorqua Jason, le regardant de haut.

Le moyen Flint secoua le petit Flint.

– Non, mais tu l'as entendu, cousin ?

– Laisse-nous régler ça, cousin.

– Mais il m'a..., commença le gros.

– Non, il ne t'a pas frappé, coupa le petit. Il t'a juste poussé. Or, il n'a *pas le droit* de te pousser.

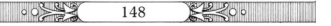

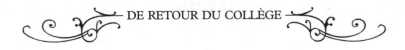

– Oh, ça va ! les défia Jason. Laissez-moi passer, maintenant !

Le chef du trio répliqua :

– Tu sais quel est ton problème, Covenant ? Tu n'as toujours pas compris comment ça fonctionne, ici, à Kilmore Cove.

– Et c'est quoi, le fonctionnement ?

– Le fonctionnement, c'est que si on ne veut pas que tu passes... tu ne passes pas.

– Très intéressant, ironisa Jason.

– Et le fonctionnement, c'est que si on a envie d'aller au collège on y va, assena le petit Flint. Non mais, qu'est-ce que tu t'imagines ? Que c'est une école uniquement pour les petits génies de la ville, comme toi ? Que les pauvres habitants de Kilmore Cove doivent rester ignorants ? On veut aller au collège, figure-toi.

– Ben, en fait, moi, je n'ai pas envie d'y aller, avoua le moyen Flint. Mais papa...

– La ferme ! le foudroya le chef. Je disais donc, Covenant, continua-t-il en se retournant vers Jason, qu'on a décidé de te faire piger le fonctionnement. À toi. À ta sœur... et à l'autre rouquin, là. Votre ami du village.

À cet instant, Jason comprit que le trio ne plaisantait pas. Pour la première fois depuis le début de cette

rencontre, il s'inquiéta. La route était déserte. Le village, encore à deux virages de distance. Le phare, trop loin. Sur sa droite, un talus plutôt raide descendait vers la mer. À sa gauche, c'était l'à-pic des collines. Il n'y avait pas à dire : ils avaient bien choisi le lieu de leur embuscade !

– Et alors ? fit-il en essayant de paraître calme.

Le petit Flint ricana. Il leva deux doigts et dit :

– Deux choses. La première, Covenant... c'est que tu dois passer au péage.

– Tu veux rire ? s'écria Jason.

– Pas du tout. Tu es un étranger. Et quand il se déplace hors de chez lui, un étranger paie. Donc, chaque fois qu'on te verra au village, tu devras casquer.

– Vous êtes dingues !

– Mais on ne t'a pas encore tout expliqué, Covenant ! Tu verras, notre proposition est généreuse. Pas vrai, cousins ? lança le petit Flint.

– Exact, confirma l'un.

– Tu as le choix, prétendit l'autre.

– Ou tu t'enfermes dans ta belle maison au sommet de la colline, ou sinon, quand tu viens montrer ta sale tête sur la place du village...

– Ou sur la jetée...

– Ou chez Chubber...

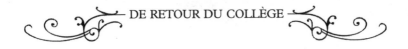

— Tu passes au péage.

Jason était sidéré. Les trois cousins ne plaisantaient pas. Ils semblaient convaincus de ce qu'ils avançaient.

— Et la deuxième chose ? fit-il, ne sachant comment réagir.

— Ah, lâcha le petit Flint. La deuxième est encore meilleure que la première. Avec la deuxième, tu peux éventuellement éviter la première. Pas vrai, cousins ?

— Oui !

— C'est sûr.

— Mais encore une fois, ça dépend de toi, réitéra le petit Flint. Comment va ta sœur ?

Jason se raidit.

— Qu'est-ce que ma sœur vient faire là-dedans ?

— Il y a un moment qu'on ne l'a pas vue...

— Et alors ?

— Pourquoi on ne la voit plus ? voulut savoir le petit Flint.

— Elle a eu la coqueluche.

— Beurk ! s'exclama le moyen.

— Tais-toi ! brailla le chef. Boucle-la !

— Et quelle est la deuxième chose ? demanda Jason, le dos parcouru d'un drôle de frisson.

— Explique-lui, cousin.

Le grand Flint se mit à ricaner. Il s'approcha de Jason et lui murmura à l'oreille :

– Mon cousin pourrait t'accepter au village si Julia devenait sa copine.

Les yeux de Jason se révulsèrent. Il bouscula le grand Flint et hurla :

– Je ne te permets pas !

– Tu t'échauffes drôlement, dis donc, fit le petit Flint.

– Si vous *essayez* de vous approcher de ma sœur..., gronda Jason, tout rouge. Je... je...

– Tu *quoi* ?

Jason était fou de rage maintenant. Il repoussa encore une fois le grand Flint et fonça sur les deux autres.

Mais, en quelques secondes, il se retrouva encerclé : le grand l'avait rattrapé par-derrière ; le petit essayait de lui griffer le visage. Pendant ce temps, apeuré, le moyen beuglait :

– Cognez-le ! Cognez-le !

Jason ne s'était jamais battu à coups de poing avec quiconque. Mais il avait lu tous les épisodes de *X-Men : Évolution* et décortiqué tous les combats à mains nues du docteur Mesmero, son héros de B. D. préféré.

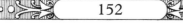

Ballotté entre les deux cousins Flint, Jason fit le mou-
linet avec la courroie de ses livres, les frappant au petit
bonheur la chance avec ses gros bouquins de classe.
Il reçut un coup de pied dans le tibia et une claque
sur le nez. Il se dégagea, se redressa et se baissa tour à
tour, esquivant les attaques. Puis il chargea le grand
Flint, lui décochant un coup de tête dans l'estomac.

Il lui fit ensuite une clef de bras et, en même
temps, donna un coup de poing à l'autre Flint.

– Aïe ! Tu m'as fait mal !

– Cognez-le ! Cognez-le ! continuait le moyen
Flint, excitant ses cousins.

Jason avait agrippé le grand Flint et le repoussait
en arrière.

– Tu vas me payer ça !

– Frappe-le ! Frappe-le !

Le grand Flint se mit à flanquer des claques dans
le dos du jeune Covenant. Après avoir reçu un coup
particulièrement fort, Jason le mordit, plantant ses
dents dans la chair de sa hanche maigre.

– AAAAAAH ! cria le grand Flint, se débattant
comme un beau diable. Lâche-moi ! Lâche-moi !

Voyant que les choses se gâtaient, le moyen Flint
se jeta lui aussi dans la mêlée. Il saisit Jason par une
jambe pour tenter de le séparer de son cousin.

Dépassé par le nombre, Jason lâcha prise, roula sur l'asphalte et esquiva instinctivement deux coups de pied. Il se remit debout, effectuant des moulinets devant lui, tel un héros de cinéma.

– Allez vous faire voir..., cria-t-il.

Les trois cousins firent corps. Le petit se tenait le bas du dos. Le grand examinait les marques de morsure sur son ventre. Le moyen semblait le plus désorienté des trois.

TUUT TUT ! TUUT TUT !

Le klaxon à deux tons de la voiture de Mme Bertillon retentit soudain. Le véhicule venait de surgir dans le virage. Piloté comme s'il participait à un rallye, le petit bolide français vrombissait sur l'asphalte et semblait prêt à décoller.

TUUT TUT ! TUUT TUT !

Au deuxième coup de klaxon, la voiture était déjà dangereusement proche. À travers le pare-brise, Jason aperçut la mine ébahie de la vieille enseignante de piano, arborant l'un de ses légendaires chapeaux à plumes.

VRAOUM !

Les garçons plongèrent vers les bas-côtés de la route. Les Flint, côté mer. Jason, à l'opposé.

La voiture crème de Mme Bertillon passa à toute allure au milieu de la voie, heurtant et emportant les

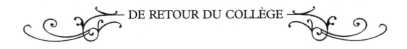

livres de Jason. Puis elle disparut sur un troisième coup de klaxon, sans avoir ralenti une seconde.

Quand elle s'évanouit au-delà du tournant, les cousins Flint remontèrent le talus et regardèrent autour d'eux. Jason n'était plus là.

– Elle l'a écrasé ? demanda le moyen Flint, inquiet. J'ai entendu un bruit épouvantable.

Le petit Flint examina le reste des livres de classe éparpillés sur la route. Il secoua la tête. Il n'y avait aucune trace de sang.

– Non, décida-t-il, désignant les collines. Ce lâche a fichu le camp !

.

Nom : **Les cousins Flint**

Lieu de naissance : Kilmore Cove
Âge : 13 ans
Lieu de résidence : Kilmore Cove, dans Pempley Road,
à quelques mètres du commissariat.
Signes particuliers : Les jeunes Flint sont trois voyous à l'intelligence
très limitée, bien que leurs parents exercent le métier de policiers.

Chapitre 12

Un hôte importun

Dans la maison des mille appels se trouvait une sorte de machine.

Anita pouvait l'entrevoir par la petite fenêtre aux vitres sales. La machine occupait toute la pièce : une demi-sphère en cuivre installée au milieu du sol, surmontée d'une vingtaine de bras mécaniques articulés. Chacun se terminait par une petite pince.

Avec un *tic tic*, le bras mécanique pinçait un câble et raccordait la fiche à l'un des nombreux trous dont était couvert le mur faisant face à la sphère. Puis il détachait un autre câble, *tic*, et le reliait à un autre

trou, *tic.* Pendant les quelques secondes qui précédaient la connexion, on percevait des voix filtrant à travers le câble détaché.

« C'est un petit central téléphonique », comprit Anita. Un de ceux qu'on voyait dans les vieux films : les gens appelaient l'opératrice qui travaillait au central, celle-ci sortait une fiche d'un trou et l'insérait dans un autre, mettant ainsi en relation la personne qui téléphonait avec la personne à qui elle désirait parler.

La machine permettait de répartir les appels.

C'était décidément une chose insolite. Et pour le moins démodée.

Cherchant à comprendre un peu mieux, Anita fit une ou deux fois le tour de la baraque, sans trouver le moyen d'y entrer. L'unique porte était fermée à clef, et la fenêtre protégée par une grille métallique.

Son attention fut alors attirée par les faisceaux de câbles qui convergeaient vers le petit central. Reliés par groupes de dix, abandonnés sur le sol, ils étaient désormais recouverts par la végétation du sous-bois.

– Bingo, dit Anita en remarquant que de nombreux câbles étaient colorés.

L'indigo indique le repaire.

Agenouillée près de la maison, elle ne tarda pas à découvrir le câble indigo.

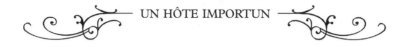

Il était là, entre ses mains.

Anita revint sur ses pas pour récupérer sa bicyclette, puis elle se mit à la pousser en longeant le câble. L'épais tapis de végétation le dissimulait souvent entièrement. Au bout d'une dizaine de minutes, le terrain se modifia peu à peu et devint plus caillouteux. Anita perçut un bruit d'eau courante.

À présent, le câble courait à découvert entre les pierres et rejoignait un sentier qui portait des traces de pas toutes fraîches.

« Ça y est, j'y suis ! »

En suivant le câble et le sentier, elle sortit du bois et arriva bientôt devant un pont, suspendu au-dessus d'un ravin abrupt. Le torrent bondissait tout en bas. À droite, la mer : une tache azurée et brillante, baignée de soleil. De l'autre côté, la forêt, qui devenait plus touffue.

Le pont n'avait pas de plancher.

C'était juste une structure en fer forgé, un « squelette » suspendu au-dessus du vide.

Il possédait une sorte de toit, formé d'arcades métalliques semblables à celles d'une tonnelle. Et deux parois latérales, composées d'une série de lattes, tels des stores vénitiens.

Mais pas de plancher.

Aux deux extrémités du précipice, le pont se terminait par deux minces colonnes, elles aussi en fer, décorées de motifs en forme de fleur, et reliées entre elles par un arc de cercle.

Sur la colonne de gauche, une chouette avec de grands yeux jaunes était gravée.

Sur l'autre, la gravure, plus simple, semblait représenter un nid.

Il y avait aussi, sur les colonnettes, deux petites plaques gravées tout à fait insolites. Celle de la chouette disait : *VA-T'EN.*

Et l'autre, au contraire, proclamait : *VIENS.*

C'était tout.

Un pont sans passerelle. Et une chouette en métal.

Il y eut un battement d'ailes. Anita vit s'envoler vers la mer un oiseau blanc.

« Si je pouvais voler comme lui… », pensa-t-elle. Mais c'était impossible.

Le câble indigo longeait l'armature métallique du pont et disparaissait de l'autre côté du précipice.

Anita testa la résistance de la structure, et l'estima solide. Elle pouvait essayer de traverser en s'agrippant aux lattes des côtés ou aux arceaux de la toiture. Mais ça promettait d'être dangereux.

Non. Elle devait procéder autrement.

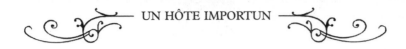

Que disait donc la comptine? Elle eut beau la répéter dans sa tête, cela ne provoqua aucun déclic dans son esprit.

Alors, elle relut les plaques.

VIENS.

VA-T'EN.

Ensuite, elle tâta les colonnettes à la recherche d'un levier, d'un bouton... de quelque chose qui aurait pu déclencher un mécanisme secret.

Ne trouvant rien, elle regarda la chouette aux grands yeux jaunes.

–Pourquoi me fixes-tu comme ça? lui demanda-t-elle. Et pourquoi es-tu sur la colonne où il est écrit *VA-T'EN*?

Après avoir jeté un coup d'œil prudent derrière elle, Anita empoigna la chouette et s'aperçut qu'elle bougeait. Elle la poussa comme s'il s'agissait d'un levier, et...

Crac. Crac. Crac.

La chouette s'éleva le long de la petite colonne, parcourut l'arceau métallique et redescendit le long de la colonnette *VIENS*, juste au-dessus du nid. Dès qu'elle s'immobilisa, les lattes qui composaient les parois latérales du pont basculèrent vers l'intérieur, à la suite les unes des autres, comme une cascade

de dominos, et formèrent la passerelle – le plancher du pont.

– Oui ! exulta Anita, radieuse.

Crac, fit le mécanisme, se mettant à l'arrêt.

À cet instant, quelque chose de vraiment étrange se produisit : à l'autre bout du pont, une chouette identique à celle située du côté d'Anita se détacha de la colonne où elle se trouvait et alla se placer sur la colonnette qui lui était symétrique.

Dès qu'elle l'eut fait, toutes les lattes reprirent leur ancienne position, faisant disparaître le plancher du pont. Il n'y avait plus de passage.

Déçue, Anita déplaça encore une fois la chouette, l'amenant à gagner lentement la colonne *VA-T'EN*.

À l'autre bout, la chouette jumelle exécuta le même mouvement en sens inverse. Les lattes restèrent immobiles.

– Mince ! murmura Anita, actionnant une troisième fois la chouette.

De nouveau, l'oiseau alla se loger sur le nid de la colonne *VIENS*, et les lattes redescendirent les unes à la suite des autres, formant une solide voie d'accès. Mais, dès que ce fut terminé, sur l'autre bord du précipice, la chouette opposée se déplaça à son tour, et les lattes se relevèrent une fois encore.

Avait-on le temps d'atteindre en courant l'autre côté du pont avant que le mécanisme ait fini de jouer ?

« Impossible », pensa Anita.

Ce pont fonctionnait un peu comme un jeu d'échecs : chaque fois qu'elle manœuvrait la chouette d'une colonne, celle qui se trouvait de l'autre côté du précipice effectuait le mouvement inverse. Si Anita la menait sur la colonne *VIENS*, l'autre chouette allait sur la colonne *VA-T'EN*, et le plancher se désassemblait.

Il fallait peut-être que les deux chouettes se trouvent *en même temps* sur des colonnes symétriques : sur celle qui disait *VIENS* et celle qui lui faisait face à l'autre bout du précipice...

Oui, mais comment ?

« Il y a deux solutions..., raisonna Anita. Soit j'arrive à immobiliser l'oiseau de malheur qui se trouve ici, soit j'arrive à bloquer celui qui est là-bas. »

Ah ! si quelqu'un avait été là, avec elle. Tommi ! Ou au moins Mioli.

Mais non ! Elle était seule devant un pont mécanique insensé, au milieu d'une forêt où, selon toute vraisemblance, elle s'était égarée. Il y avait la mer, par là, bien sûr... Elle pouvait peut-être descendre en suivant le ravin. Ou essayer de le remonter pour chercher un passage plus facile...

Dans l'un et l'autre cas, ça prendrait du temps. Et, du temps, elle n'en avait pas beaucoup.

Quelle heure était-il?

Sa montre au cadran orné d'une chouette indiquait une heure vingt-cinq.

Une heure vingt-cinq... Il y avait plus de trois heures qu'elle marchait dans le bois.

Chouette...

Montre...

Et les initiales de Peter Dedalus, le génial inventeur de mécanismes de Kilmore Cove.

«Pour arriver à Kilmore Cove, voici ce qu'il vous faut», murmura Anita, se rappelant ce que le traducteur lui avait dit en lui offrant la montre.

Perplexe, elle fit miroiter le cadran à la lumière du soleil.

– Tu la veux, cette montre? Tu la veux? cria-t-elle à la chouette de l'autre côté du précipice. Regarde, je la mets là!

Anita s'approcha de la colonne où figuraient le nid et la plaque *VIENS*, et chercha un endroit approprié pour y déposer la montre.

À l'intérieur du motif ornemental, il y avait une loge ronde qu'elle trouva parfaite. Elle y déposa la montre. Dès qu'elle eut retiré sa main, elle entendit le

déclic de la chouette qui se détachait de la colonne voisine.

Or, cette fois, Anita ne l'avait absolument pas touchée.

La chouette *VA-T'EN* rejoignit la colonne *VIENS*. Mais, avant que le mécanisme qui mettait les lattes en mouvement se déclenche, l'oiseau s'inclina de manière comique comme pour saisir dans son bec la montre d'Anita.

Celle-ci jeta un regard vers le pont. Les lattes du plancher basculèrent vers le bas.

Quand elles eurent établi le lien avec le bord opposé, la chouette d'en face resta cette fois immobile.

Anita attendit.

La chouette ne bougea pas.

Toujours rien.

Anita hasarda un pied sur le plancher du pont. Il semblait résistant.

Après avoir pris une profonde inspiration, elle poussa sa bicyclette sur la passerelle.

Ce fut comme si elle tanguait sur une barque.

Et elle se mit à courir à perdre haleine, terrifiée à l'idée que le pont puisse se rouvrir sous ses pas.

Quand elle eut atteint l'autre bord du précipice et se retourna, elle vit que la chouette jumelle l'observait

du haut de sa colonnette. L'inscription de sa plaque disait : *BIENVENUE.*

Et Anita comprit qu'elle était enfin arrivée à Kilmore Cove.

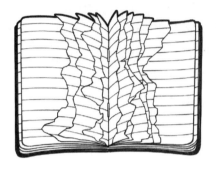

Chapitre 13

Une heureuse rencontre

Jason courait comme un dératé sur le sentier qui montait à l'assaut des collines. Le klaxon de Mme Bertillon résonnait encore à ses oreilles, et il avait mal partout à cause des coups que lui avaient donnés les cousins Flint.

Il s'arrêta pour souffler après avoir atteint une bonne hauteur. La route commençait à s'enfoncer dans la forêt des Shamrock Hills. Il eut l'impression d'entendre les voix des Flint dans le lointain.

« Nom d'un chien ! » pensa-t-il. Ils s'étaient mis à sa poursuite !

Jason se courba en deux, les poumons en feu. Son dos était endolori. Mais surtout, il se sentait blessé dans son orgueil. Il avait fui. Il n'avait pas donné à ces trois voyous la correction qu'ils méritaient.

Il se remit à grimper avec ardeur. Jusque-là, il avait cherché à mettre le plus de distance possible entre les Flint et lui. Maintenant, il lui fallait élaborer un plan !

Quelle heure était-il ?

Il n'avait pas entendu sonner la cloche de l'église du père Phénix, donc il n'était pas encore une heure et demie.

« De toute façon, le transport en voiture, c'est raté », se dit-il. Il sentit sur ses lèvres quelque chose d'humide et se rendit compte que c'était du sang.

Jason reprit sa course un moment.

Il espérait trouver tôt ou tard, sur sa droite, un sentier qui le ramènerait vers le village, ou bien à la gare située derrière Kilmore Cove. Il n'avait aucune envie de continuer l'ascension des collines : cela l'aurait obligé à en faire le tour complet pour rejoindre la Villa Argo. Mais le sentier qu'il cherchait existait-il ?

Il décida de continuer encore pendant une dizaine de minutes, et puis, sentier ou non, de couper à travers bois et prés.

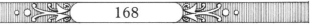

Il entendit alors un bruit bizarre et se retourna pour s'assurer que ce n'étaient pas les Flint. Il n'y avait pas âme qui vive.

Il accéléra l'allure mais entendit de nouveau du bruit. Et puis encore et encore.

Jason ralentit, essayant de comprendre de quoi il s'agissait.

Incapable de décider si le bruit provenait de l'arrière, il ne s'arrêta pas.

Le sentier débouchait hors de la forêt, sur une clairière fleurie, un pré d'où l'on pouvait admirer une partie de la baie avec le village blotti au fond. La Villa Argo se trouvait du côté opposé à la crique, au-dessous de lui, signe qu'il s'était trop aventuré dans les hauteurs.

D'un mouvement rapide, Jason revint sur ses pas pour s'orienter, et juste à ce moment-là...

– Attention ! cria-t-on derrière lui. Écarte-toi du milieeeuuuu !

Jason eut à peine le temps de se retourner. Une tache de couleur fonçait sur lui à toute vitesse.

Il se jeta dans l'herbe.

Une bicyclette siffla à quelques centimètres de sa tête et s'arrêta en contrebas dans un bruit de ferraille.

Jason roula sur lui-même et se releva.

– Hé ! protesta-t-il. Mais qu'est-ce que...

La « tache de couleur » était une fille aux cheveux noirs. Elle était maintenant affalée dans l'herbe, face contre terre, près d'un vélo dont les roues tournaient à vide.

Jason changea aussitôt de ton.

– Tu t'es fait mal ? demanda-t-il en s'approchant.

La fille se renversa sur le dos. La tête ébouriffée de Jason apparut dans son champ de vision. Elle sourit.

– Ouf ! Je pensais t'avoir renversé.

– Tout va bien ? demanda Jason.

– J'ai l'impression que les arbres portent le ciel, mais à part ça, ça va.

Elle se redressa et s'exclama :

– Tu parles d'un vol plané !

– Rien de cassé ? s'enquit Jason.

– Je crois que non. L'herbe a atténué le choc. Et toi ? Tu t'es blessé à la lèvre.

Jason passa une main sur sa bouche.

– Ah non ! Ce n'est pas à cause de ma chute. Mais...

Il regarda vers le haut, puis vers le bas de la colline :

– On peut savoir ce que tu fabriquais ?

– J'essayais seulement de descendre le plus vite possible.

Elle désigna le coin de village qu'on apercevait dans la baie, en contrebas :

– Dis-moi, c'est Kilmore Cove, là-bas, n'est-ce pas ?

Jason se gratta la tête :

– Ben, oui.

À ces mots, la fille brandit les poings et hurla presque :

– J'ai réussi ! Youpi ! Je l'ai trouvé !

Là-dessus, elle enlaça Jason et, avant qu'il ait pu prononcer un mot, lui planta un baiser sur le front.

– Tu ne peux pas savoir comme je suis contente !

Interdit, Jason dévisagea l'inconnue qui sautillait autour de lui, puis relevait sa bicyclette. Il ne savait que penser. Cette fille tombée du ciel, ou plutôt de la colline, lui semblait vraiment extravagante. Mais elle était aussi très jolie, avec ses grands yeux verts et ses cheveux très noirs qui dansaient autour de son visage ovale.

– Tu dois me prendre pour une folle, mais...

– Oh, non... pourquoi ? fit Jason, lui donnant un coup de main pour redresser son vélo. Ça m'arrive souvent d'être renversé par une fille à bicyclette qui m'embrasse sur le front tout de suite après.

Elle lui tendit la main :

– Je m'appelle Anita.

Puis, posant un doigt sur les lèvres de Jason, elle l'examina.

– Attends, ne dis rien... Réplique sarcastique. Air insolent. Cheveux trop longs. Mmm... Tu es plus

grand que je ne pensais et tu dois avoir un ou deux ans de plus maintenant, mais... je suis sûre que tu es... Jason. Jason Covenant !

Impossible d'être plus stupéfait que Jason ! Il souleva les mèches qui retombaient devant ses yeux pour mieux voir Anita.

– Tu sais qui je suis ?

– Covenant ! hurla à cet instant le petit Flint, depuis les profondeurs de la forêt.

Jason sursauta et se retourna.

– Apparemment, je ne suis pas la seule à le savoir ! commenta Anita, en regardant dans la même direction que lui.

Les trois cousins Flint surgirent à l'orée du sentier. Tout en désignant Jason, ils redoublèrent d'efforts pour le rattraper.

– Tu ne nous échapperas pas !

– On te tient, Covenant !

– Zut ! s'exclama Jason.

Anita avisa le trio qui se ruait vers eux au pas de charge, l'air menaçant, et observa :

– J'oubliais un détail : toujours prêt à se fourrer dans les ennuis.

– Écoute, siffla Jason, je n'ai pas le temps de t'expliquer... mais ces trois-là...

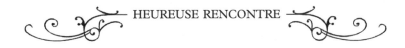

– J'ai compris : monte, proposa Anita, se hissant debout sur les pédales.

Jason regarda le vélo, le pré en pente, les toits de Kilmore Cove.

– Ça pourrait être...

– Dangereux, je sais, répondit Anita Bloom. Mais c'est justement ce qui m'a amenée jusqu'ici.

À Kilmore Cove, le clocher sonna deux heures.

Son grand cahier noir ouvert sur les genoux, son stylo dans la bouche, Rick Banner était allongé sur son lit. Il n'avait pas cessé d'écrire et de rayer quelques phrases. Il désespérait maintenant de mener à bien son projet.

C'était un projet qui lui tenait à cœur depuis longtemps.

Trop longtemps : il avait raturé au moins cinquante pages de son cahier noir.

– *Ma chère Julia*..., lut-il à voix haute.

Jusqu'ici, pas de problème.

– *Tes yeux*...

Il biffa ce début. Trop banal. D'ailleurs, il avait commencé de la même manière la lettre de la page 13... Ou bien 14 ? En tout cas, ça n'avait rien donné de brillant.

Donc, il laissait les yeux de côté. Il devait se concentrer sur un élément plus éloquent, qui ferait tout de suite comprendre à Julia où il voulait en venir.

– Chaque fois que je suis avec toi... même si tu as la coqueluche...

Il barra rageusement sa phrase, écœuré, et se frappa le front. Bon sang, qu'est-ce qui l'empêchait d'exprimer par écrit les pensées merveilleuses qui tourbillonnaient dans sa tête ? Était-ce dû à un fonctionnement bizarre de son cerveau ? De sa main ?

Et si c'était le stylo qui ne convenait pas ? Ou alors le cahier noir ? Il avait lu quelque part que les couleurs dépendent des radiations de la lumière, et que certaines teintes conviennent mieux que d'autres pour peindre les murs d'une maison, par exemple. Son cahier noir, avec ses vibrations négatives, pouvait être l'obstacle qui l'empêchait de terminer sa... déclaration d'amour à Julia.

Amour. Un bien grand mot. Sûrement trop fort. Mais, jour après jour, il avait habité son esprit pendant toutes ces dernières années, d'un voyage à l'autre à travers les portes du temps.

Ce n'était plus un secret désormais. Au village, tout le monde savait. Et tout le monde, sauf lui,

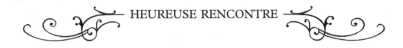

s'était également aperçu que la sympathie de Rick pour Julia était réciproque.

Étrangement, ils ne se l'étaient jamais avoué l'un à l'autre.

Si Julia le serrait dans ses bras, Rick se figeait telle une statue de marbre. Chaque fois qu'il se sentait prêt à confesser ses sentiments, ses paroles s'embrouillaient. Et quand il essayait d'écrire à Julia... il finissait par biffer toutes ses phrases.

– Rick ! appela une voix depuis la rue. Riiick !

C'était Jason.

Rick fourra le cahier noir au fond de son lit. Puis, changeant aussitôt d'avis, il le reprit, déposa un baiser dessus et le rangea dans sa cachette au fond d'un tiroir de son bureau.

– Qu'est-ce qu'il y a ? lança-t-il en se montrant à la fenêtre.

Jason, planté devant sa maison, levait les yeux vers lui. Il avait la lèvre fendue et il était couvert de terre.

– Descends ! On doit te parler !

– Qu'est-ce qui t'arrive ?

– Bouge-toi ! s'impatienta Jason.

Son ami n'était pas seul. Une fille que Rick n'avait jamais vue se tenait derrière lui. Elle poussait un vélo

tout-terrain professionnel. Châssis en aluminium, freins à disque Aid Juicy et boîte de vitesses Shimano XTR à neuf vitesses. Un sacré engin !

– Bon sang, Rick ! hurla encore Jason. Tu vas descendre, oui ? Ou je dois tout t'expliquer d'ici en braillant aux quatre vents ? C'est important ! Pigé ?

La fille salua Rick d'un signe. Il lui répondit, quelque peu hésitant.

– OK, je descends.

Qui était cette fille ? Et où avait-elle acheté ce vélo ? On n'en vendait pas des comme ça, au village.

Rick chercha ses tennis dans la pagaille de sa chambre. Pris d'un doute, il retourna à la fenêtre :

– Important... *important* ? cria-t-il à son ami.

– Pas *à ce point-là*, précisa Jason.

Le garçon aux cheveux roux finit de s'habiller et sortit au pas de course, sans emporter sa clef du temps.

Jason fit rapidement les présentations et insista pour rejoindre un abri où ils pourraient bavarder.

Après avoir raconté brièvement l'épisode des cousins Flint, il laissa la parole à Anita.

– Bon, voilà, expliqua alors Anita aux deux garçons assis en tailleur. Je suis venue jusqu'ici pour vous montrer un carnet très particulier.

Les garçons échangèrent un coup d'œil. Ils avaient acheté trois choux à la crème chez Chubber et choisi un coin tranquille sur la plage, situé légèrement en hauteur pour surveiller la route, et suffisamment à l'écart pour ne pas être entendus.

– Je ne pensais pas qu'il serait aussi difficile de trouver ce village.

– Comment ça, difficile ? demanda Rick.

– Anita a parcouru un chemin très bizarre, lui expliqua Jason. Elle est partie d'une plage à cinq kilomètres de Zennor, où s'élève un arbre...

– Le chêne aux hameçons, précisa Anita.

Rick secoua la tête :

– Jamais entendu parler.

– Ensuite, elle a marché dans la forêt jusqu'au central téléphonique, continua Jason.

– OK, fit Rick, qui, visiblement, le connaissait.

– Et de là, jusqu'à un pont mécanique.

– Un pont mécanique ? s'étonna Rick.

– Avec une chouette, précisa Anita. Qui me disait « va-t'en » ou bien « viens ».

Rick fit une grimace dubitative.

– D'après cette description, on dirait une invention à la Peter Dedalus, commenta Jason. Même si aucun de nous...

– Il pourrait se situer dans la crevasse…, supputa Rick.

– À quel niveau ?

Pendant qu'ils discutaient entre eux de la position éventuelle du pont, Anita regardait les deux garçons avec fascination. Par comparaison avec leur description dans les livres d'Ulysse Moore, elle avait l'impression qu'ils avaient grandi. Jason semblait plus élancé et plus robuste ; et il dépassait presque son ami de Kilmore Cove. Il avait des cheveux longs et rebelles ; tout en parlant, il tripotait toujours la même mèche. Rick, au contraire, paraissait plus sec. Ses épaules étaient larges, ses jambes musclées comme celles d'un cycliste, et ses cheveux roux très courts, sans chichis.

– Hum…, les interrompit-elle au bout d'un instant, on ne pourrait pas en parler une autre fois ?

Les deux amis se turent. Jason finit par dire :

– On se demandait seulement pourquoi tu n'avais pas suivi la route côtière.

– Oui, c'est vrai. Le minibus du collège passe toujours par là.

– Vous allez déjà au collège ? s'enquit Anita.

– À Saint-Ives. De là, il est facile d'atteindre Kilmore Cove. Rick y va tout le temps à bicyclette.

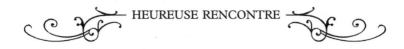

– Je n'en savais rien. Moi, c'est un traducteur qui m'a expliqué la route. Il est venu ici il y a quelques années, je crois. Il a écrit un livre sur Kilmore Cove.

– Tu plaisantes ?

– Non, je ne plaisante pas !

– Et qu'a-t-il écrit ? demanda Rick.

– Un roman d'aventures. Et... vous êtes dedans.

Jason et Rick se dévisagèrent d'un air stupéfait :

– Nous ?

– Ben oui. Et ça parle aussi de portes du temps, de clefs en forme d'animaux, et d'une certaine Olivia Newton.

– Mais comment est-ce possible ? demanda Rick. Cette histoire est... je veux dire... c'est un secret !

– Le traducteur affirme qu'il est entré en possession des journaux intimes d'Ulysse Moore. Il les a trouvés dans une grosse malle, précisa Anita.

– La malle, murmura Jason.

Puis, se tournant vers Rick :

– Tu sais très bien de quelle malle il s'agit.

– Mais... c'est impossible ! s'écria le garçon aux cheveux roux.

– Il y a quelques jours, à Venise, continua la fille, j'ai découvert un carnet très particulier. Il était caché dans le double fond d'une poutre. Le carnet et la

maison ont appartenu à un peintre et illustrateur : Morice Moreau.

Les garçons lâchèrent en même temps :

– Connais pas.

– Moi non plus.

– Le carnet est pratiquement incompréhensible, car il est rédigé en code. Et comme ce code est semblable à celui qu'utilise Ulysse Moore... je vous l'ai apporté.

– En suivant les indications de ce... traducteur, c'est ça ?

– Des indications très embrouillées, ajouta Jason.

– Oui, confirma Anita. On aurait dit qu'il ne voulait pas... ou ne *pouvait* pas... être plus clair.

Rick et Jason acquiescèrent.

– Voici l'objet, continua Anita en sortant de son sac à dos le carnet de Morice Moreau.

Elle le posa sur ses genoux sans l'ouvrir.

– Le traducteur prétend que, pour le déchiffrer, on doit consulter un certain *Dictionnaire des langages oubliés*.

– Pour ça, il suffit de monter chez moi ! s'exclama Jason.

– À condition que tu aies déjà eu la coqueluche, Anita, précisa Rick. Sinon, il vaut mieux que ce soit nous qui allions le chercher.

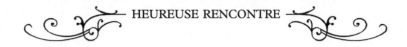

– Pourrais-tu l'ouvrir, s'il te plaît ? demanda Jason en désignant le carnet.

Anita passa la main sur la couverture et soupira.

– Il y a encore une chose que je ne vous ai pas dite.

Et, d'un trait, elle leur parla du mystère des images qui apparaissaient et disparaissaient.

Nom : **Jason Covenant**

Lieu et date de naissance : Londres, le 6 mars
Âge : 13 ans
Lieu de résidence : Villa Argo, Salton Cliff 1, Kilmore Cove.
Signes particuliers : Curieux, imprévisible et impulsif.
Il a le don de s'attirer des ennuis.

KILMORE COVE 2 ½

CROOKHEAVEN 1

ST. IVES COLLEGE 4 ½
ZENNOR 6

Chapitre 14

La disparition des abeilles

Dans les journaux, on parlait de «printemps précoce». Mais ce n'était pas si simple. La chaleur prématurée avait fait éclore trop tôt les bourgeons et les premières fleurs. Après quoi, il s'était mis à pleuvoir sans interruption, la température avait chuté, et tout s'était retrouvé dévasté.

À présent, les plates-bandes de la Villa Argo étaient ravinées par les eaux. Les pétunias, brûlés par le gel, n'étaient plus que des squelettes. Et les mauvaises herbes étouffaient toutes les autres fleurs.

– Bah ! Impossible de les sauver du désastre !
décida Nestor, expédiant loin de lui sa pioche devenue inutile. À quoi bon ?

Il se redressa, se massant vigoureusement les reins.
Il commençait à ressentir les premières douleurs de
l'âge. Un signe de vieillesse. Et de pluie à venir.

Le jardinier de la Villa Argo entassa ses outils dans
sa brouette en bois et la poussa dans les profondeurs
du jardin, vers la cabane. Un petit vent léger agitait
les feuilles et faisait ondoyer les branches du grand
sycomore, qui atteignaient presque le toit. Des insectes
bourdonnaient de fleur en fleur sous le regard sévère
du jardinier.

– Trop peu d'abeilles, bougonna le vieux, avançant
toujours avec sa brouette. Il y a trop peu d'abeilles.

Pas d'abeilles, pas de pollinisation, pas de pousses
de nouvelles plantes, pas de nourriture pour les animaux herbivores, ni pour les carnivores. Autrement
dit : la fin du monde en peu d'années. Ce n'était pas
seulement une des idées pessimistes de Nestor.
Albert Einstein l'avait déjà dit : « Quand les abeilles
disparaîtront, l'humanité n'aura plus que quatre ans
à vivre. »

– Et Dieu sait s'il avait raison, grommela Nestor,
de plus en plus rembruni.

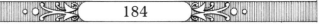

Il vit alors arriver Jason et Rick, en compagnie d'une fille inconnue.

«Étrangère égale danger», pensa aussitôt le jardinier bourru.

La première chose qui lui vint à l'esprit fut de se cacher derrière un arbre. Mais Jason le repéra tout de suite, et il ne put s'esquiver.

– Enchantée, monsieur Nestor. Je suis Anita Bloom, se présenta la jeune étrangère, avec un beau sourire.

En guise de réponse, Nestor grommela un bonjour en l'observant à la dérobée. Mince, jolie, Anglaise. Que faisait-elle ici?

– Vous avez l'intention de me donner un coup de main pour les pétunias, les garçons? demanda-t-il, histoire de briser la glace. Ou d'arranger les plates-bandes? Allez, du nerf! Au boulot!

– Nous ne sommes pas venus à ton secours, Nestor, répliqua insolemment Jason. C'est nous qui avons besoin de ton aide.

Le jardinier haussa les épaules et se remit à pousser sa brouette.

– Je suis sérieux. Il est arrivé une chose très étrange. C'est à propos d'un livre, précisa Jason.

À ces mots, le jardinier de la Villa Argo s'immobilisa, alarmé, tout en s'efforçant de paraître indifférent.

– Montre-lui le carnet, Anita, suggéra Jason.

La fille posa son sac à dos par terre et en sortit un petit carnet de voyage à couverture foncée.

Dès qu'il le vit, Nestor éprouva une violente douleur dans le dos. Il l'avait aussitôt reconnu. Il essaya désespérément de ne pas le laisser paraître, mais il ne put s'empêcher d'écarquiller les yeux.

– Morice Moreau..., murmura-t-il, sans même ouvrir le carnet.

– Tu le connais ? s'enquit Rick.

– Oh oui !

Nestor le connaissait très bien, même. Et il possédait un exemplaire identique de ce carnet. En le voyant dans les mains des enfants, il eut un coup au cœur. Il dut s'appuyer à la brouette.

– Où l'avez-vous trouvé ? souffla-t-il.

– Dans la maison de Morice Moreau, répondit Anita.

– Mais il...

– À Venise, précisa-t-elle.

Le jardinier regarda tour à tour Jason, puis Rick. Enfin, son regard s'immobilisa sur la nouvelle venue :

– Tu es de Venise ?

– Oui.

– Et comment es-tu arrivée ici ?

– Grâce à une autre série de livres, glissa Jason. Signés Ulysse Moore.

Nestor écarquilla les yeux une deuxième fois.

Lorsque les enfants lui eurent raconté l'histoire du traducteur et de la malle avec les journaux intimes, Nestor n'en crut pas ses oreilles... C'était donc arrivé ! Ses cahiers secrets avaient été publiés !

– Tous dans la dépendance ! ordonna-t-il aux enfants. J'y serai dans dix minutes.

Puis, abandonnant là sa brouette, il claudiqua en direction de la véranda de la Villa Argo.

– Madame Covenant ? lança-t-il en frappant contre les carreaux. Je peux entrer ?

N'obtenant pas de réponse, il ouvrit la porte. La véranda était fraîche et ombreuse. Les divans blancs, devant la cheminée, portaient encore les empreintes de ceux qui s'y étaient assis pour contempler le feu. Un peu plus loin, la statue de la baudroie contemplait l'étendue marine au pied de la falaise.

Nestor la caressa, traversa la véranda et la cage d'escalier, passa devant les portraits austères de tous les précédents propriétaires de la Villa Argo et se dirigea vers la cuisine.

– Madame ? appela-t-il encore en s'immobilisant sur le seuil du salon.

Mme Covenant venait de débarrasser et déposait quelques cuillerées de café torréfié dans la cafetière italienne. M. Covenant était plongé dans la lecture des pages sportives du *Times*. Ce fut lui qui s'aperçut de la présence du jardinier.

– Ah, bonjour, Nestor ! le salua-t-il, en abaissant son journal. Tu arrives juste à temps pour le café.

– Merci, monsieur Covenant, mais le café m'est interdit depuis des années. Madame...

– Bonjour, Nestor.

M. Covenant désigna une chaise libre, mais le vieux jardinier déclina courtoisement l'invitation. Il demanda comment allait Julia.

La sœur de Jason n'avait pratiquement plus de fièvre, elle toussait encore, mais le pire était passé.

– Tant mieux, dit le jardinier.

– Tu désires quelque chose, Nestor ?

Celui-ci soupira et admit :

– Eh bien... oui. J'aurais besoin de prendre... un livre dans la bibliothèque. Si vous le permettez, évidemment.

– Bien sûr que tu le peux, Nestor, répondit en souriant Mme Covenant. La bibliothèque est à ta disposition.

– Et tu n'as pas besoin de demander, tu le sais très bien. La libre disposition des ouvrages était spécifiée dans le contrat de vente de la maison, ajouta M. Covenant. Tu peux donc monter là-haut quand tu le désires.

« C'est ce que je fais constamment », pensa Nestor en les remerciant. « Sauf que maintenant, j'ai trop mal au dos pour utiliser le passage secret. »

À l'étage supérieur, Julia était cantonnée dans sa chambre et maudissait sa malchance. La coqueluche ! Franchement, est-ce que quelqu'un avait déjà eu la coqueluche à Kilmore Cove ? Jamais !

En l'examinant, le docteur Bowen avait même avoué qu'il ne se souvenait plus du traitement à prescrire. Il aurait soigné plus facilement une personne transpercée de part en part par un espadon.

Par conséquent, l'ordonnance avait été plutôt basique et expéditive : garder le lit jusqu'à guérison complète.

Et Julia était restée clouée au lit, effrayée à l'idée de tousser jusqu'à la fin de son existence. Elle avait passé dix jours ainsi, secouée par la fièvre, effondrée. Dès que sa température baissait un peu, elle prenait un livre et essayait d'en lire quelques pages, mais elle

finissait, malgré elle, par fermer les yeux. La lumière la dérangeait. L'obscurité la dérangeait. Elle avait chaud. Elle avait froid. Elle sentait le moindre courant d'air, percevait le plus léger bruit dans la Villa Argo. Le moindre pas dans l'escalier.

Cependant, depuis quelques jours, les choses avaient changé.

La fièvre l'avait quittée, son front était frais, et elle pouvait garder les yeux ouverts sans avoir la sensation qu'une multitude de minuscules poignards les transperçaient. Elle se levait régulièrement et paressait quelques heures dans son fauteuil. Elle lisait avec plaisir.

Et même si sa mère lui interdisait encore de descendre au rez-de-chaussée ou de sortir, Julia sentait que le pire était derrière elle.

Alors qu'elle allait et venait dans sa chambre, elle entendit les pas claudicants de Nestor qui montait l'escalier et se dirigeait vers la bibliothèque.

Curieux...

Elle s'approcha donc de la fenêtre. Et elle crut voir Rick et Jason qui entraient dans la dépendance en bois où vivait le jardinier de la Villa Argo. Il lui sembla aussi qu'une troisième personne les accompagnait. Une fille.

«Drôlement bizarre», pensa Julia, récapitulant les autres détails étranges qu'elle avait remarqués.

Jason n'était pas rentré déjeuner (Julia avait entendu les lamentations de ses parents à ce sujet) et Rick n'avait pas tenté de venir la saluer (pendant toute sa maladie, elle lui avait catégoriquement interdit d'entrer dans sa chambre – elle ne voulait surtout pas qu'il la voie dans cet état).

L'oreille collée à la porte de sa chambre, Julia écouta le remue-ménage de Nestor, qui déplaçait des livres sur les étagères. Peut-être activait-il un autre passage secret inconnu de tous ?

– Mmm...

Lorsque Julia entrouvrit sa porte, un souffle d'air frais fit onduler sa chemise de nuit. Sa mère s'obstinait à laisser ouverte la fenêtre du fond du couloir, ce qui amenait des courants d'air dans toute la maison.

Elle sortit de sa chambre sur la pointe des pieds, en se laissant guider par les bruits que faisait Nestor. Elle dépassa la chambre de ses parents et la grande salle de bains en marbre. Sa silhouette se refléta dans le haut miroir placé au-dessus du lavabo, et elle se regarda au passage. Les cheveux sales, les yeux injectés de sang, elle était pâle et amaigrie.

Ce n'était certes pas la Julia alerte des grands jours !

Mais elle n'avait plus de fièvre. Et ça lui donnait une sacrée pêche.

– Bonjour, Nestor, dit-elle en entrant dans la bibliothèque.

Le jardinier, perché sur un escabeau, examinait les livres rangés sur les étagères les plus hautes. En levant le bras, il aurait pu toucher le plafond orné d'une fresque qui représentait l'arbre généalogique de la famille Moore.

En entendant son nom, Nestor se retourna vivement.

– Julia ! s'exclama-t-il avec surprise. Tu ne devrais pas être au lit ?

Aussitôt, il reposa les livres sur la tablette, tel un voleur pris sur le fait.

Julia fit quelques pas à l'intérieur de la pièce.

– Je devrais. Mais il y a eu du bruit et... Qu'est-ce que tu fabriques ?

– Je cherche un livre.

– Je peux t'aider ?

– Je ne crois pas, répondit-il, énigmatique. Il aurait dû être ici. En fait, il a toujours été ici. Mais... je ne le vois plus.

Julia remarqua que Nestor avait entassé au milieu de la pièce trois autres gros volumes. Il y en avait un

qu'elle connaissait comme sa poche : le *Dictionnaire des langages oubliés*.

– De quel livre s'agit-il ?

– Il n'a pas de titre, marmonna Nestor. Il est gris. Tout petit comme ça. Et il était placé ici. Entre *Dernières considérations sur la cité antique* et *Voyage en Inde pour voir les éléphants*.

– Jason a dû le prendre.

Nestor descendit précipitamment de l'escabeau.

– Malédiction ! murmura-t-il. Si c'était le même ?

– Le même quoi ?

– Rien. Je disais ça comme ça.

– C'est important ?

Le jardinier ne lui répondit même pas. Il lança un regard éloquent vers les autres étagères et y préleva encore deux volumes, qu'il ajouta à ceux qu'il avait déjà sélectionnés. En plus du dictionnaire, il y avait maintenant : le *Manuel des lieux imaginaires*, le *Catalogue raisonné des livres inexistants* et, bien entendu, l'*Inventaire alphabétique des objets impossibles*.

– Nestor, insista Julia, que se passe-t-il ?

Il la regarda comme s'il venait de s'apercevoir de sa présence.

– Ce qui se passe ? Oh ! rien. Je récupérais seulement... de vieux outils de référence.

– Je te connais, va ! Quand tu as cet air-là, ça signifie qu'il y a du nouveau.

– Julia, je t'assure qu'il n'y a rien.

« Du moins, pas encore », pensa-t-il.

– C'est quoi, le livre que tu ne trouves pas ?

– Ce n'est pas que je ne le trouve pas... S'il n'est
pas sur cette étagère, c'est qu'on l'a pris.

– Ce n'est pas une réponse.

– Prends bien soin de toi, la salua le jardinier.

Et, sans rien ajouter, il sortit de la bibliothèque.

Chapitre 15

Les livres secrets

– Ouvre-le, ordonna Nestor à Anita, lorsqu'il fut
de retour dans sa dépendance.

Ils étaient tous assis autour de la table en bois.
Pour tuer le temps en attendant le jardinier, Rick
avait fait chauffer de l'eau et préparé du café d'orge
parfumé à la vanille. Ils croquaient aussi des caramels,
qu'ils piochaient dans une petite boîte en fer-blanc.

Anita ouvrit le carnet, montra à tout le monde la
dédicace, puis le tendit à Nestor.

Celui-ci, assis en face d'elle, refusa de le prendre.

– C'est bien lui, dit-il.

Sur la page suivante, là où était écrit *Et in Arcadia ego* et où figuraient trois personnages auprès d'une sorte de grand tombeau, commençaient les symboles mystérieux du disque de Phaïstos.

– Voici les écritures, dit Anita.

Un coup d'œil suffit à Jason et à Rick pour les reconnaître. Nestor se contenta de hocher la tête.

– Et voici la première vignette, continua Anita. Regardez. Elle a toujours été vide, alors que...

Elle feuilleta rapidement les pages pour chercher celle du château en flammes :

– Oh, on a de la chance ! Il est revenu !

L'homme qui se tenait perché en équilibre sur une superposition de chaises apparaissait de nouveau sur la vignette. À la vue de ce dessin, Nestor bondit sur ses pieds et s'approcha du carnet.

– Vous le voyez aussi ? demanda Anita, anxieuse.

– Oui, confirmèrent en chœur Jason et Rick.

– Malédiction..., marmonna le jardinier.

– C'est une des images qui apparaissent et disparaissent, expliqua Anita, en respirant avec difficulté.

Comme si le dessin de cet homme juché sur sa tour aspirait son air vital.

– Et si tu appuies ta main dessus, fit Jason, tu... l'entends parler ?

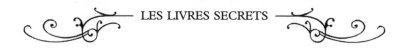

Anita acquiesça.

– Moi, avoua-t-elle, ce dessin... me fait peur.

– Ça fiche vraiment la frousse, murmura Rick de l'autre côté de la table.

– Eh bien, moi, j'essaie ! décida le jeune Covenant, approchant sa main du papier.

– Attends ! l'arrêta Nestor. Ce n'est peut-être pas une bonne idée...

Le jardinier se tourna vers Anita :

– Tu lui as déjà parlé ?

– Une seule fois. Il m'a demandé qui j'étais. Je n'ai pas répondu, j'ai refermé le carnet et je me suis sauvée dans ma chambre.

– OK, intervint encore Jason. Je tente le coup.

Il posa la main sur le dessin et attendit.

– Qu'est-ce que tu entends ? l'interrogea Rick.

– Absolument rien.

Mais au bout d'un moment, Jason sentit quelque chose.

À travers la pulpe de ses doigts, une onde de chaleur se répandit en lui et lui coupa le souffle.

Surpris, il ouvrit la bouche.

Air chaud. Étouffant. Vicié. Un ronflement de chaudière en fonctionnement. Du feu crépitant. Des klaxons de voitures. Il perçut tout cela en une fraction

de seconde. Et puis, aussitôt après, une voix sèche et enrouée qui disait :

– Qui es-tu, toi, petit morveux ?

Arrogance, assurance, tabagisme. Il y avait tout cela dans cette voix.

– Non mais ! Et toi, qui es-tu ? répliqua Jason à voix haute.

– À qui parles-tu ? voulut savoir Rick.

Nestor porta un doigt à ses lèvres :

– Chut !

– Je te demande, continua Jason, ce que tu fabriques au sommet de cette pile de chaises ?

– Tu ne peux pas exister, déclara la voix arrogante venue du livre. Ce n'est pas possible.

– Ce n'est pas toi qui décides de ce qui est possible ou non, riposta le garçon.

Nestor essaya de le modérer :

– Jason…

– Comment t'appelles-tu ? insista la voix, dans la tête du jeune Covenant. Et où crois-tu être, petit morveux ?

– Je m'appelle Jason Covenant. Et je suis à Kilmore Cove…

– Jason ! Non ! cria alors Nestor.

Il retira du dessin la main du garçon, et referma brusquement le carnet :

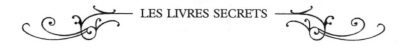

– Tu ne devais pas lui dire où tu es !

– Mais...

– Il n'y a pas de « mais ». Tu devais te taire !

– Mais ce n'est qu'un dessin ! protesta Jason.

– Non, ce n'est pas qu'un dessin !

– Ah ? Et qu'est-ce que c'est, alors ?

Le jardinier regarda d'abord Jason, puis Rick, et enfin Anita. Il posa une main sur le carnet.

– C'est... une chose dont j'étais convaincu qu'elle n'existait plus, avoua-t-il.

Il y eut un long silence.

Nestor fit nerveusement les cent pas dans la pièce, puis il ouvrit une boîte en racine de bruyère. À l'intérieur, il y avait un cigare brun foncé, long d'une vingtaine de centimètres.

Il le posa au milieu de la table comme si c'était une explication.

– Je ne savais pas que tu fumais, observa Rick.

– Effectivement, je ne fume pas.

La bague entourant l'objet portait un motif plutôt bien dessiné : un éclair allumant le bout d'un cigare, qu'un homme en chapeau melon tenait entre ses doigts.

– Ce cigare, ainsi qu'un portrait accroché près de l'escalier, voilà tout ce qui me reste de mon grand-père.

Mon grand-père, le général Moore, était un militaire et... Eh bien, ni moi ni mon père ne nous entendions avec lui. Il se prenait pour le dernier véritable héritier de la dynastie Moore et ne cessait de déplorer la mort de sa fille unique. Ma mère, souligna Nestor, avant de continuer :

– Habitué à raisonner avec rigidité et rationalité, il n'a jamais accepté le mariage de sa fille avec mon père, un romantique, un rêveur. Tout le contraire de lui, le général ! À ses yeux, mon père n'était qu'un faible, et je ne pouvais que lui ressembler. Il a rédigé son testament de sorte qu'aucune part du patrimoine familial ne revienne à son gendre. Aucune, à l'exception d'une maison. Une bâtisse au bord de la mer que mon grand-père détestait.

Posant les mains sur la table, Nestor précisa :

– *Cette* maison : la Villa Argo.

Après un profond soupir, il ajouta :

– Tout le reste, y compris l'immeuble où nous vivions à Londres, a été légué aux amis de mon grand-père.

Nestor saisit le cigare :

– Les membres du Club des Incendiaires. Des amateurs de cigares. Des types dans son genre, dont le passe-temps favori consistait à critiquer les hommes comme mon père. Le club – une création de mon

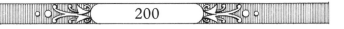

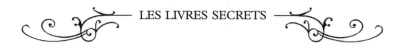

grand-père – occupait le premier étage de notre maison de Londres. Dans cette salle à la moquette verte et rouge, meublée de fauteuils, de canapés, de bibliothèques et de tables basses, se réunissaient autrefois, avant le «règne» de mon grand-père, les amis de la famille Moore. Des personnes autrement plus intéressantes que ces fumeurs de tabac puant. C'est parmi eux que ma mère avait rencontré mon père.

Nestor boitilla autour de la table :

– Selon mon grand-père, ces gens étaient les véritables responsables de la mort de ma mère.

Prenant le carnet, il l'ouvrit à la page de la dédicace :

– Le Club des Voyageurs imaginaires. Dont faisaient partie, entre autres, mon père et l'illustrateur Morice Moreau.

À cette révélation, Anita claqua des doigts :

– D'après l'adresse indiquée sur l'enveloppe, il fallait l'envoyer à M. Moore, Voyageur imaginaire, Frognal Lane, 23, Londres.

– Frognal Lane, 23. Exact. L'adresse de notre vieille maison.

Jason désigna l'objet :

– Alors, ce Morice voulait que le carnet soit remis...

– ... à l'un de mes ascendants, probablement, conclut Nestor. Sûrement pas à mon grand-père. Car

c'est lui qui a fermé le Club des Voyageurs imaginaires et l'a remplacé par son épouvantable club de fumeurs. La bibliothèque de la maison s'est vidée de tous les livres que mon père et moi n'avions pas réussi à mettre à l'abri. Les Voyageurs imaginaires possédaient des cartes de pays qui n'existaient pas, comportant toutes les instructions pour s'y rendre. Les murs étaient ornés des photos et des dessins de contrées que très peu de gens avaient visitées. Des lieux hors du temps. Comme ceux que vous connaissez.

Cette dernière phrase s'adressait à Jason et à Rick.

– Les Voyageurs imaginaires ont perdu leur lieu de réunion, continua Nestor. Les Incendiaires ont brûlé leurs livres, sans intérêt à leurs yeux. Après ça... je ne sais pas. J'ai quitté Londres avec mon père pour vivre à la Villa Argo, et, bien entendu, je ne soupçonnais pas encore... ce qui, en vérité... se trouvait ici.

Nestor regarda Anita, comme pour décider de ce qu'il pouvait ou non raconter.

– Mais j'aime à penser que mon père le savait. Et qu'il avait choisi cet endroit pour... le protéger. Quoi qu'il en soit, là n'est pas l'important.

Les enfants attendirent que le jardinier se décide à s'expliquer.

– L'important, reprit le vieux en s'éclaircissant la voix, c'est que, parmi les livres que j'avais emportés de la maison de Londres, les soustrayant à mon grand-père qui voulait les brûler dans les cheminées, il se trouvait un exemplaire de ce carnet.

Nestor ouvrit le petit livre et le referma aussitôt.

– Je m'en souviens parfaitement. Je l'ai lu quand j'étais enfant : Morice Moreau. Ces aquarelles, ces dessins, et surtout... ces écritures énigmatiques. Quelles merveilles ! Toutes les nuits, je fantasmais sur leur signification. Et, petit à petit, j'ai commencé à en saisir le sens, à les déchiffrer. J'ai découvert ce qu'était cet objet qui m'avait tant fait rêver.

Un silence s'ensuivit, que Rick brisa avec impatience :

– C'est-à-dire ?

– Oh, c'est très simple. Il s'agit du *Guide imaginaire* pour rejoindre le Village qui meurt, révéla Nestor en se rasseyant.

– Je ne comprends pas, lâcha alors le garçon aux cheveux roux. Je n'y comprends vraiment rien. Tu avais un exemplaire de ce carnet, c'est ça ? Et maintenant, tu ne l'as plus ?

– Je l'ai cherché. Il n'est pas là. Il s'est toujours trouvé dans la bibliothèque, je me rappelle très précisément où. Pourtant...

Nestor agita une main, d'un geste qui signifiait « volatilisé ».

– Mais qu'a-t-il pu devenir ? demanda Rick.

– Je n'en sais rien. Je ne me souviens pas de l'avoir prêté. Peut-être l'ai-je passé à Léonard ? Ou alors... à Pénélope ? Je ne pourrais pas l'affirmer.

– Et ton exemplaire était rédigé lui aussi dans ce code ? s'enquit Anita.

– C'était ça le plus beau ! C'est Morice Moreau lui-même qui m'a fait découvrir les hiéroglyphes du disque de Phaïstos. Et quand je me suis mis à écrire mes guides de voyages imaginaires... je l'ai tout simplement imité.

– Mais pourquoi parles-tu sans cesse de voyages et de voyageurs *imaginaires* ? demanda Jason.

– Parce que c'est le seul mot qui convienne.

– Attends une minute, intervint encore Rick, de plus en plus perplexe. Je ne comprends toujours pas. Je n'ai rien d'un voyageur imaginaire ! Je... J'y suis vraiment allé, dans ces endroits. Vous savez tous lesquels.

Nestor se planta devant le rouquin, tel un maître devant un élève buté :

– Tu as raison, Rick. Tu es *vraiment* allé dans ces lieux. Tout comme les autres voyageurs.

– Donc, ils ne sont pas imaginaires, insista le garçon.

– Un Voyageur imaginaire n'est pas un voyageur qui fait semblant d'effectuer un voyage. C'est un voyageur qui voyage *pour de vrai* dans un lieu imaginaire.

Rick en resta bouche bée. Il éleva les mains et finit par les reposer sur la table.

– Excuse-moi, mais il fait comment ?

– Par exemple, il passe par une porte du temps, suggéra Jason qui, lui, semblait très à l'aise dans cette discussion.

Rick lui jeta un regard effaré. Puis, perdu, il implora l'aide de Nestor.

– Pour moi... un lieu imaginaire... n'existe pas, dit-il en détachant ses mots.

– C'est l'erreur que commettent la plupart des gens ! Celle que commettait mon grand-père. Et ses amis les Incendiaires. Un lieu imaginaire existe, et comment ! Mais pas pour tout le monde.

– Vous vous fichez de moi, hein ? lâcha Rick.

Anita lui sourit. Elle comprenait sa confusion, mais se sentait en accord avec Jason. Elle avait saisi sans mal la pensée de Nestor : n'était-elle pas arrivée le jour même, pour de bon, dans un village qui – avait-elle cru – n'existait pas ?

Soulignant son raisonnement à grands gestes, Nestor demanda :

– Que doit avoir un Voyageur imaginaire ?

– Je n'en sais rien. Une valise ? hasarda Rick.

Le vieux jardinier ricana :

– Non. Il doit avoir de l'imagination. Et qu'est-ce que l'imagination ?

– L'inventivité ?

– Pas du tout. L'imagination c'est de l'image en action. Pour que son départ ait lieu, un Voyageur imaginaire doit mettre en mouvement quelque chose qui se trouve... à l'intérieur de lui-même. Il connaît l'endroit où il veut arriver avant même d'avoir fait le premier pas. Cet endroit est présent dans sa tête. Il le voit, il *l'imagine*. Il est sûr de son existence. À ce stade, s'il décide de partir et s'il possède ce qu'il faut... il finit par atteindre ce lieu.

Nestor avait détaché son regard de Rick et fixait Anita, comme s'il savait parfaitement quel parcours elle avait dû accomplir pour atteindre Kilmore Cove.

– Et que lui faut-il ? demanda-t-elle.

Nestor lui sourit :

– Je pense que tu connais la réponse.

Instinctivement, Anita lâcha :

– Deux choses.

Nestor hocha longuement la tête :

– Exactement. La première est un objet qui appartient au lieu où le voyageur souhaite se rendre.

Anita écarquilla les yeux. Elle pensa à la montre de Peter Dedalus.

– Et la deuxième ? s'enquit Jason.

– Un guide, acheva Nestor. Qui peut être une personne, un animal, une porte du temps...

– Une comptine, glissa Anita.

– Ou un livre, acheva Nestor en désignant le carnet. Morice Moreau était un guide, et il a dessiné dans son carnet un parcours secret. Un parcours qui conduit...

– Au Village qui meurt, conclut Anita.

– Oui. Mais, pour plus de sûreté, il a dissimulé ce parcours. Et pour garder un contrôle sur ceux qui voudraient l'utiliser, il l'a dessiné dans un livre qui... n'en est pas un.

– Qu'est-ce que c'est, alors ? intervint Rick, qui avait renoncé à s'y retrouver dans ce méli-mélo.

Nestor répondit en détachant les syllabes :

– Un livre-fenêtre.

Il prit alors, parmi les trois grands volumes qu'il s'était procurés, l'*Inventaire alphabétique des objets impossibles* et le feuilleta.

– *Livres-bananes, Livres hexagonaux, Livres invisibles*..., lut-il rapidement. Ah, j'y suis. *Livres-fenêtres.* Comme l'affirme ce précieux répertoire de bizarreries, les livres-fenêtres sont... enfin, il faudrait plutôt

dire... étaient... *des livres de fabrication secrète, tirés de la cellulose d'un arbre mythique,* le Betula Psicopomporia *(consulter le* Manuel de botanique fantastique*). Le premier témoignage de l'existence d'un livre-fenêtre remonte à 105 après Jésus Christ. Le dignitaire de cour chinois Ts'ai Lun[1], considéré par beaucoup comme l'inventeur du papier, fabriqua le premier exemplaire de livre-fenêtre pour le cercle le plus restreint des fonctionnaires de l'empereur. Le nom du livre est lié à sa caractéristique essentielle. Il est en effet possible de « voir » sur ses pages, comme s'ils étaient des illustrations, tous les autres lecteurs qui, au même moment, se trouvent penchés sur les pages de ce même livre. Il semblerait que certains exemplaires, les plus rares, aient eu aussi la propriété de permettre un dialogue entre le lecteur et l'illustration.*

– Le nôtre, murmura Jason.

Nestor leva les yeux vers son auditoire :

– En pratique, chaque fois que le livre est ouvert alors qu'il a un autre lecteur, ces deux lecteurs peuvent se voir, en tant qu'illustrations du texte.

– Ce qui signifie, dit Anita, que si je les vois...

– Oui, la devança Nestor, les autres te voient aussi !

---

1. Haut fonctionnaire de la cour impériale chinoise auquel on attribue l'invention du papier (105 apr. J. C.). *(N.d.T.)*

– C'est dingue, murmura Jason.

Rick s'appuya au dossier de sa chaise.

Nestor continua à lire :

– *Les livres-fenêtres ayant été détruits au cours des guerres de succession des différentes dynasties chinoises, le secret de leur fabrication fut perdu. Certaines pages, toutefois, ont pu être conservées et rapportées en Europe par les premières missions occidentales envoyées dans l'Empire céleste. Le franciscain Giovanni da Pian del Carpine[1] et le Vénitien Marco Polo pourraient en avoir rapporté quelques-unes. De fait, certains témoignages attestent l'existence de feuillets épars de livres-fenêtres dans la Venise du* XIIIe *siècle, au Portugal à l'époque d'Henri le Navigateur[2], et par la suite...*

Le vieux jardinier referma le volume et ouvrit le *Catalogue raisonné des livres inexistants.*

– Si nous regardons maintenant dans ce répertoire de livres qui n'existent pas..., murmura-t-il. *Livre de sable... Livre de vent...* Ah, le voici !

– Quoi ?

---

1. Franciscain italien (v. 1182-1252), auteur de la plus ancienne description historique et géographique de l'Asie Mineure : *Historia Mongolorum*, « Histoire des Mongols ». *(N.d.T.)*

2. Fils du roi Jean Ier du Portugal, il organisa de nombreuses expéditions au XVe siècle. *(N.d.T.)*

– Le *Voyage dans le Village qui meurt*[1], de Morice Moreau, 1888, tirage limité à quatre exemplaires.

– Quatre exemplaires ? répéta Anita.

– Excuse-moi, Nestor, intervint Rick en désignant le gros volume que consultait le jardinier, mais comment peut-il y avoir un catalogue des livres inexistants ? Je veux dire... des livres qui n'existent pas, ça peut se compter par milliards !

– C'est juste. Mais les bons livres seront toujours rares. L'imagination, Rick. L'imagination !

Jason leva le pouce de sa main gauche et commença à compter :

– Voici un des quatre exemplaires... Le deuxième se trouvait dans la bibliothèque de la Villa Argo.

– Le troisième est celui de l'homme qui se trouve au sommet de la tour de chaises, raisonna Rick.

– Et le quatrième, celui de la dame qui demande de l'aide, conclut Anita.

– Mais qui sont ces gens ? s'interrogea Jason.

Anita leva les yeux, comme poussée par un pressentiment.

Un pâle visage de femme la fixait par la fenêtre de la dépendance.

Elle poussa un cri.

---

1. En français dans le texte original. *(N.d.T.)*

Nom : **Nestor**

Lieu et date de naissance : Londres, en 1947
Âge : 61 ans
Lieu de résidence : Villa Argo, dans la dépendance.
Il y travaille comme jardinier.
Signes particuliers : Derrière Nestor se cache Ulysse Moore,
ancien propriétaire de la maison et de la porte du temps.
Il veut transmettre son secret aux jumeaux et à Rick.

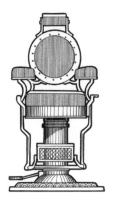

Chapitre 16

Amis et ennemis

Pour la énième fois, Tommi regarda l'écran de son téléphone portable. Comme il demeurait vide, il expédia l'appareil sur son lit.

Par la fenêtre ouverte, on entendait les voix des passants. Mais il se sentait seul. Et il était inquiet.

Son ordinateur vrombissait tel un essaim d'abeilles. Il avait chargé et activé tous les programmes de discussion disponibles sur Internet. Mais il ne recevait ni SMS ni e-mails.

Anita ne donnait plus signe de vie, et le traducteur d'Ulysse Moore ne répondait pas à ses courriers électroniques.

«Pas de nouvelles, bonnes nouvelles», disait toujours sa grand-mère. Tommi lui aurait volontiers raconté toute l'histoire pour savoir ce qu'elle en pensait...

Dans ce silence oppressant, le seul point positif était que l'homme au parapluie et au chapeau melon s'était pour ainsi dire volatilisé.

Tommi était retourné plusieurs fois sur le campo Santa Margherita. Il avait surveillé les tables du café Duchamp, patrouillé dans les rues où avait eu lieu la poursuite, fouillé les environs. Rien. Pas la moindre trace. Et ça, c'était une bonne chose !

Il consulta sa montre de plongée multifonctions. Elle résistait à la pression jusqu'à cinquante-six mètres de profondeur et donnait l'heure de Paris, New York et Shanghai. Elle disposait d'un altimètre de haute précision, d'un thermomètre, d'un baromètre pour détecter l'approche des tempêtes et d'une boussole. Tommi avait économisé pendant huit mois pour réunir la somme nécessaire à cet achat.

– Sept heures, dit-il.

En Angleterre, il était six heures. Pourquoi Anita ne lui téléphonait-elle pas ?

Tommi sortit de chez lui, s'engagea dans une fausse direction pour déjouer une éventuelle filature ; et, après s'être assuré qu'il n'était pas suivi, il revint sur

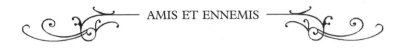

ses pas le long des canaux afin de rejoindre la maison des Monstres.

Il était encore à deux pâtés de maisons de distance quand il entendit le transistor de Mme Bloom.

Debout devant la petite porte, la mère d'Anita examinait des couleurs étalées sur une table en bois blanc.

– Bonjour, Tommi. D'après toi, laquelle de ces deux teintes est la plus verte ?

– Celle de droite, madame, répondit-il.

– Tu le penses aussi, hein ? fit-elle en hochant la tête. Va pour celle de droite, alors.

– Vous avez des nouvelles d'Anita ?

– Plus ou moins. Elle est arrivée, puis repartie en voiture, et elle va bien.

Ça, Tommi le savait !

– Génial, dit-il pour cacher sa déception. J'imagine qu'elle passe de bons moments, là-bas.

– Quand je l'aurai au téléphone, je la saluerai de ta part, conclut Mme Bloom.

À cet instant, un portable sonna.

– Quelle coïncidence ! s'exclama la restauratrice. C'est peut-être elle !

Elle se précipita dans la maison des Monstres, suivie par Tommi. Elle fouilla dans son grand sac à bandoulière pour prendre son téléphone et l'ouvrir :

– Qu'est-ce que je te disais ? C'est mon mari.

Le garçon s'était arrêté sur le seuil. Il serra les poings tandis que Mme Bloom échangeait quelques mots avec son interlocuteur, l'air tranquille, détendue. C'était bon signe...

Soudain, elle se figea :

– Quoi ? Quand est-ce arrivé ?

Gris à l'extérieur. Et gris à l'intérieur.

Dans l'étroit bureau londonien, l'air dense et enfumé était presque palpable. Il flottait des odeurs de rance et de moisi. Une atmosphère suffocante due aux fenêtres fermées depuis longtemps.

Et ça empestait le cigare.

Des tableaux trop noircis pour être identifiables pendaient aux murs. Une peau d'ours pelée s'étalait sur le carrelage gris et noir devant un sinistre secrétaire en métal, dont les nombreux tiroirs étaient étiquetés avec des lettres de l'alphabet. Deux petits tabourets étaient posés sur la peau d'ours. Sur le secrétaire traînaient des objets disparates : un cendrier en verre opaque avec, en équilibre sur son rebord, un énorme cigare éteint évoquant un fossile ; un coupe-papier en os ; un petit pot en terre cuite

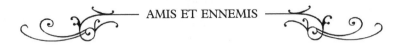

hébergeant un bonsaï desséché ; une lampe verte qu'on allumait en tirant sur un cordonnet ; des livres flambant neufs, aux couvertures entourées d'un bandeau : *NOUVEAUTÉ*.

Et un exemplaire du carnet de Morice Moreau.

Pour le moment, ce carnet demeurait fermé.

Et il faisait l'objet d'une observation attentive.

Celui qui l'examinait, installé derrière le secrétaire à tiroirs, était un homme au crâne luisant, arborant des lunettes à monture d'écaille aux verres épais. Il était très petit et, pour être à la hauteur de son bureau, il s'était hissé sur une pile de chaises elles-mêmes placées sur un fauteuil de coiffeur, dont le bras était muni d'un levier lui permettant de monter ou de descendre.

Cet homme semblait très courroucé. Et en proie au doute.

Il avait fait accrocher au mur, derrière lui, les certificats qui attestaient de ses nombreux diplômes. Doctorat de lettres ; doctorat d'histoire, de philosophie et de sociologie ; doctorat de droit ; doctorat de chimie. Et quantité d'autres titres honorifiques et spécialités avec mention d'excellence.

Mais s'il avait dû choisir un seul de ces diplômes, il aurait certainement élu celui qui avait une bordure

violet foncé, une grande couronne en en-tête, et où on pouvait lire :

FACULTÉ DES SCIENCES CONCRÈTES
ATTESTATION DE RÉALITÉ

DÉLIVRÉ À :
MALARIUS VOYNICH
ET À SON «CLUB DES INCENDIAIRES»
POUR LEUR ACTIVITÉ TRENTENAIRE
D'ENQUÊTES ET DE PRÉVENTION
DES PIÈGES DE L'IMAGINATION

Malarius Voynich analysait et étudiait, lisait, regardait, écoutait. Puis il cherchait systématiquement à détruire les choses qu'il avait lues, regardées, écoutées.

Malarius Voynich était un critique. Il était même LE critique : celui que tous les critiques du monde considéraient comme leur maître indiscutable. L'insurpassable Malarius Voynich, le démolisseur, le roi de la foudroyante descente en flammes.

L'Incendiaire.

Dès qu'il tombait sur une chose qui n'était pas convaincante à ses yeux, une idée, une phrase, une esquisse, fût-ce la plus vague, d'un produit de... l'imagination – un mot qu'il avait du mal à prononcer ! –,

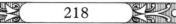

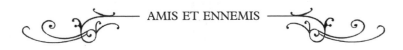

Malarius Voynich françait le nez, tel un chien de chasse plissant sa truffe. Sa plume entrait alors en action. Et la démolition était immédiate.

Cependant, en cette fin d'après-midi londonien, le critique le plus féroce de tout le Royaume-Uni tambourinait sur le métal froid de son bureau.

Une affaire non résolue.

Une épine dans le flanc de sa crédibilité.

Une énigme.

Lentement, il posa les doigts sur la couverture du carnet de Morice Moreau. C'était un bel objet de petite dimension, d'une superbe exécution, entièrement illustré à la main. Un livre digne d'un collectionneur.

Mais quel contenu! Un guide de voyage vers un lieu imaginaire.

La pire chose qui soit. À brûler sans hésitation!

Sauf qu'il y avait... ces pages. Les pages qui changeaient.

Sans raison.

– Il y a forcément une explication..., marmonna le vieux critique, en se frottant l'œil droit sous ses lunettes.

Or, il la cherchait depuis plus de trente ans, cette explication, et elle lui échappait toujours! C'était pour la trouver qu'il avait expédié ses collaborateurs, tous critiques littéraires, aux quatre coins du monde.

Si l'un d'eux entendait parler de Morice Moreau, il devait aussitôt l'en avertir. La moindre information, les plus petites phrases, les plus banals mots ou fragments pouvaient se révéler indispensables afin de venir à bout de cet odieux livre changeant. Et de ces paroles qu'il entendait à travers les pages.

– Sornettes. Ce ne sont que des sornettes ! scandait Malarius Voynich.

Mais il se répétait cette phrase depuis des dizaines d'années. Depuis qu'il était entré en possession de ce maudit livre. Et qu'il l'avait feuilleté.

Il ouvrit le tiroir marqué de la lettre C. Il en tira un crayon avec une mine bleue et une mine rouge. Du tiroir marqué B, il sortit un bloc-notes à petits carreaux sur lequel il écrivit : *Jason Covenant. Kilmore Cove.*

Il souligna ce dernier nom et le fixa attentivement.

– Est-ce possible ? se demanda-t-il.

Du tiroir marqué de la lettre E, il retira la fiche cartonnée où était noté ce qui concernait son ami Eco, de Venise, et relut les notes résumant leur dernière conversation téléphonique :

– Deux gamins... Livre de Morice Moreau, instructions de voyage pour Kilmore Cove.

Non, il ne s'était pas trompé. C'était bien le même nom.

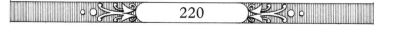

Kilmore Cove.

Il valait mieux vérifier les listes.

Il promena son regard sur le bureau. Le téléphone avait disparu. Il le dénicha dans le tiroir marqué de la lettre T et composa un numéro. La voix chevrotante du vieux Pirès lui répondit.

– Bonjour, Pirès. Quelqu'un est-il déjà arrivé au Club ? demanda le critique.

– Bonsoir, lord Voynich, énonça le vieux major-dome du Club des Incendiaires. En ce moment précis, je crains qu'il n'y ait personne, monsieur.

– Parfait. Je descends tout de suite. Prépare-moi une infusion de rhubarbe.

– Très bien, monsieur. Sans sucre, naturellement.

Malarius ne répondit pas. Il actionna le levier du fauteuil de coiffeur, qu'il fit descendre pour se retrouver au niveau du sol.

Puis il sauta de son siège et trottina dans la pièce, saisissant son imperméable et son parapluie.

Il était vraiment très petit.

Mais cela importait peu. Car ce n'était pas sa taille qui lui conférait son pouvoir. C'était la profondeur de son esprit.

Quelques instants plus tard, Voynich se présenta au Club des Incendiaires.

Il salua Pirès, et lui confia son imperméable et son parapluie. Il entra ensuite dans la salle principale, celle qui avait abrité autrefois le Club des Voyageurs imaginaires.

Il régnait là un silence morbide et le même air vicié que dans le bureau du critique.

Sur les tables rondes – qui, avec une énorme quantité de fauteuils identiques, constituaient l'essentiel du mobilier –, traînaient les livres et les projets en phase d'examen. De petites plaques de cuivre indiquaient les sujets auxquels se consacraient les Incendiaires : Compliquer les choses simples ; Démolir les nouveautés ; Discréditer les personnages dangereux ; Abîmer les paysages ; Soutenir le mauvais goût.

Sans perdre de temps, Voynich se dirigea vers le secteur de sa spécialité : les livres. Il relut sur la feuille qu'il tenait ce qu'il avait déjà contrôlé dans son bureau quelques minutes plus tôt et ouvrit le classeur des fichiers. Ce meuble massif occupait une bonne moitié du mur et était divisé en trois sections : *Livres à éreinter. Livres à retirer du marché. Livres à ignorer.*

Il fit défiler rapidement les fiches cartonnées remisées dans ce dernier tiroir et trouva ce qu'il lui fallait.

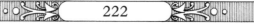

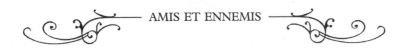

Le rédacteur – il oubliait tout le temps son nom ! – avait fait du bon travail.

Kilmore Cove, village pseudo-réel où se situe l'action d'un roman insipide d'Ulysse Moore, traduit par un traducteur insipide. Eco
Ceci signifiait qu'un critique capable de faire preuve de mordant était sur l'affaire.

Le nom d'Ulysse Moore agita une sonnette d'alarme dans la tête de Voynich.

Ulysse Moore.

Où avait-il déjà entendu ce nom ?

Il jeta un coup d'œil vers la première partie de la salle, où se trouvait la liste des Personnages dangereux, puis il finit de lire la fiche.

C'était vraiment capital : *Cornouailles.*

– Zut, murmura Malarius Voynich en reclassant la fiche cartonnée. Les choses se compliquent.

Il revint sur ses pas, absorbé par de fébriles pensées.

– La rhubarbe, monsieur, annonça le majordome, qui venait d'entrer dans la salle de son pas de héron.

Mais le critique le plus impitoyable du Royaume-Uni ne l'entendit pas. La liste des Personnages dangereux était rangée derrière la cible du jeu de fléchettes (et le portrait d'Harry Potter).

«Voilà pourquoi ce nom m'était familier», pensa Malarius Voynich dès qu'il eut repéré celui d'Ulysse Moore. C'était le petit-fils haï de Raymond Moore, le fondateur des Incendiaires.

– *Quitte Londres à douze ans pour vivre avec son père à Kilmore Cove, Cornouailles...*, lut-il très vite. *Plus de nouvelles de lui depuis 1967. Sans doute décédé.*

Kilmore Cove, remarqua Malarius Voynich.

Encore le même village.

Un traducteur italien filé par Eco. Deux enfants de Venise. L'illustrateur Morice Moreau.

Quel était le lien – si toutefois il y en avait un – entre toutes ces informations? Et pourquoi se sentait-il, pour la première fois depuis de nombreuses années, aussi *excité*? C'était peut-être la sensation d'approcher du but?

Une seule chose lui vint à l'esprit, tandis qu'il sirotait son infusion de rhubarbe : une intervention rapide était nécessaire. Face à tant d'éléments confus, il fallait réagir, et débroussailler la forêt du doute!

Donc, les meilleurs allaient passer à l'action. Deux perfectionnistes dans l'art d'éliminer le superflu.

Malarius Voynich sourit.

Il pensait aux frères Cisaille.

Nom : **Malarius Voynich**

Lieu et date de naissance : Prague, le 1ᵉʳ novembre
Âge : entre 60 et 70 ans
Lieu de résidence : Londres, Frognal Lane, 23.
Signes particuliers : Critique féroce, démolit et détruit
toutes les nouveautés sur lesquelles il tombe.
Il est depuis des années le chef du Club des Incendiaires.

Chapitre 17

Le plan

– Julia ! s'exclama Nestor à la vue de la face spec-trale qui les épiait par la fenêtre. Qu'est-ce que tu fiches dehors ?

Il courut à la porte et fit entrer aussitôt la sœur de Jason. Celle-ci avait enfilé un imperméable par-dessus sa chemise de nuit et transpirait abondamment. Un violent accès de toux la secoua.

– On peut savoir comment tu as réussi à sortir ? demanda Nestor.

– Le... *keuh... keuh...* passage secret... *keuh...* tu crois être le seul à le connaître ?

Nestor soupira.

– Rentre tout de suite à la maison. Sinon, tes parents...

– *Keuh*... Ils ne se sont aperçus de rien, si c'est ce qui t'inquiète...

Julia s'approcha de la table, pieds nus. Elle regarda les livres ouverts et demanda avec brusquerie :

– On peut savoir ce que vous fabriquez ? Et toi... on ne se connaît pas...

– Je te présente Anita, intervint Jason. Anita, voici Julia, ma sœur.

Pendant que les deux filles se saluaient, plutôt crispées, Rick, paralysé, ne prononça pas un mot.

– Salut, Rick, lança enfin Julia.

– Salut, Julia. Tout va bien ?

– À toi de me le dire, répliqua-t-elle en resserrant contre elle les pans de son imperméable.

– Elle est encore plus mal habillée que d'habitude, murmura Jason à Anita.

– Merci, c'est sympa ! râla sa sœur.

– Julia, retourne immédiatement dans ta chambre ! tonna Nestor.

– Pas avant de savoir ce qui se passe, rétorqua-t-elle.

– Rien d'important.

– Ah bon ? Cette réunion secrète concerne un truc... anodin ?

– Anita nous a apporté un livre rare qu'elle a trouvé à Venise, glissa Jason.

– Pourquoi à nous ? voulut savoir Julia, tout en essayant de retenir une énième quinte de toux.

– Parce que ce n'est pas un véritable livre, j'imagine.

– Qu'est-ce que c'est, alors ?

– Un livre-fenêtre.

Julia jeta un œil distrait sur le carnet de Morice Moreau. Elle semblait beaucoup plus intéressée par Anita :

– Et c'est quoi... un livre-fenêtre ?

Jason ouvrit le carnet, montra à sa sœur quelques illustrations et les symboles du disque de Phaïstos. Il lui expliqua que, selon eux, ce carnet contenait les indications pour se rendre au Village qui meurt.

– Dedans... il y a une femme qui demande de l'aide.

Julia s'assit, prenant garde à ce que ses pieds nus ne touchent pas le sol.

– Ah ! Et qu'est-ce qu'on a l'intention de faire ?

Elle regardait Anita droit dans les yeux. Mais celle-ci ne dit rien. Elle resta calme, bien qu'elle eût rougi légèrement.

– D'abord... traduire le carnet, répondit Jason, en prenant le *Dictionnaire des langages oubliés*. Pour savoir ce qu'il y a d'extraordinaire dedans. Après... on décidera.

– Parfait. Mettons le paquet, décida Julia, piochant un caramel.

– Julia ! s'exclama Nestor.

– Je veux vous aider !

– Tu retournes dans ta chambre ! tonna Nestor.

Julia s'obstina :

– Non, je reste.

– Pas question !

– Moi, je m'en vais, dit Anita en se levant.

Elle devait retourner à son point de départ. Il y avait beaucoup trop longtemps qu'elle avait laissé son père sur la plage. Il devait être terriblement inquiet.

– Bonne décision, approuva Nestor après avoir entendu ses explications. Voilà ce qui s'appelle garder la tête sur les épaules.

– Cette allusion m'est destinée ? lança Julia d'un air de défi.

Anita traversa rapidement la pièce.

– Je peux revenir demain, dit-elle sur le pas de la porte.

– Tu nous laisses le carnet ? s'enquit Jason.

– Bien sûr. Et si jamais...

Elle nota sur un cahier le numéro de son téléphone portable. Jason voulut aussi avoir son numéro de fixe.

– Les portables ne marchent pas, ici. On n'arrive jamais à capter le réseau.

Le seul numéro fixe d'Anita était celui de sa maison à Venise. Elle le leur donna.

Ensuite, ils décidèrent très vite de la marche à suivre : Rick et Jason commenceraient tout de suite à traduire les pages codées. Julia retournerait se reposer dans sa chambre.

– Ne te fais pas pincer par tes parents ! lui recommanda Nestor, inflexible.

Il raccompagna Anita jusqu'à la grille et lui indiqua la route côtière qui se poursuivait au-delà du village. Avant qu'elle se remette en selle, Nestor lui fit don de la boîte de caramels dans laquelle ils avaient pioché pendant l'après-midi.

Anita voulut refuser, mais le jardinier de la Villa Argo insista :

– Tu en auras besoin, lui dit-il. Pour demain.

C'était une phrase lourde de sous-entendus qu'Anita comprit avec une certaine inquiétude :

Il faut deux choses.

Un guide.

Et un objet venant du lieu.

Elle le remercia, fourra la boîte dans son sac à dos et enfourcha son vélo.

Pendant ce temps, dans la dépendance, les garçons commençaient la traduction. Peu à peu, à l'aide du *Dictionnaire des langages oubliés*, les symboles du disque de Phaïstos devenaient des phrases cohérentes. Mais elles n'en demeuraient pas moins pleines de mystère.

Ils continuèrent leur travail sans penser à rien d'autre. Ils guettaient avec inquiétude les pages où se trouvaient les trois vignettes noires, mais celles-ci restèrent vides tout l'après-midi.

De temps à autre, Rick demandait à son ami :

– Qu'est-ce qu'on est en train de traduire, d'après toi ?

– On dirait... des indications de voyage.

Jason était captivé par le minuscule carnet. Il ne désirait plus qu'une chose : aller là-bas. Dans ce village qu'évoquaient les écrits et les dessins de Morice.

Le soir venu, les garçons rentrèrent chez eux, troublés. Ils laissaient une montagne de papiers sur la table de Nestor.

Jason n'eut qu'à traverser le parc pour aller dîner avec ses parents. Rick prit la bicyclette de son père et descendit au village.

Entre-temps, le jardinier de la Villa Argo vérifia avec satisfaction le travail accompli. Il ne déplaça pas une seule feuille (il savait bien que, dans le processus de création, le désordre joue un rôle essentiel). Et il se cuisina une poêlée de petits pois à la saucisse, qu'il mangea debout, directement devant le fourneau.

Il pensait à beaucoup de choses.

À Anita, et à la manière dont elle était apparue.

Au traducteur qu'elle avait rencontré à Venise avec son jeune ami. À ses journaux secrets et à sa malle, qui avaient échoué là-bas.

Ce n'était certes pas lui qui l'avait voulu !

Au beau milieu de son repas, il décida de s'ôter une épine du pied. Délaissant les petits pois encore fumants, il s'approcha du vieux téléphone en Bakélite noire.

Il composa le numéro du phare.

Personne ne répondit.

Il raccrocha et souleva aussitôt le récepteur pour composer celui de la vieille gare abandonnée de Kilmore Cove. Son ami Black Volcano répondit dès la troisième sonnerie.

– Salut, jardinier, dit-il.

– Sais-tu où est Léonard ? lui demanda de but en blanc Nestor.

– Hé ! Content d'apprendre que tu es vivant et de bonne humeur, ironisa Black.

– Où est allé Léonard ?

– Que la foudre me frappe si j'en ai la moindre idée !

– Gare ! Si j'en crois mon vieux dos endolori, l'orage va éclater !

– Impressionnante nouvelle, railla de nouveau Black.

– Dis-moi où il est. Je sais que tu le sais.

– Je te jure que je l'ignore. Il est parti précipitamment, toutes voiles déployées. Tu le connais... Il est redevenu un vrai gamin qui fait le tour du monde.

– C'est ça. Et qui livre des malles à mon insu.

– Pardon ? fit Black.

– Ah, parce que ça aussi, tu l'ignores ? lâcha Nestor, ironique et dubitatif.

– Je ne vois pas de quoi tu parles, vieux brigand.

Nestor marqua un instant de silence. Puis il reprit :

– C'est vrai, ils ne t'ont rien dit ?

– Écoute, Nestor, arrêtons de jouer au chat et à la souris. Si tu en venais au fait ?

– Le fait, le voici : quand il m'a semblé que l'histoire était finie, je me suis débarrassé de ma malle.

Qui contenait les récits de tous nos voyages. Je voulais faire place nette.

– Tu m'en avais informé, oui. Les deux tourtereaux devaient détruire le tout...

– Léonard et Calypso, confirma Nestor. Ils devaient simplement jeter ça à la mer pendant un de leurs petits voyages. Au lieu de quoi... ils les ont filés à un traducteur.

– Une idée grandiose.

– Et toi, tu n'en savais rien ?

– Je t'en donne ma parole.

– Donc, tu ignores aussi que, grâce à cette brillante trouvaille, un certain nombre de gens ont recommencé à entendre parler de Kilmore Cove...

– Et c'est un mal, d'après toi ?

Nestor réfléchit avant de répondre :

– C'est précisément ce que je me demande...

– Tu n'en veux pas à Léonard, alors ?

– Si, je suis furieux. Je voulais faire table rase du passé, Black. Tout ça reste trop douloureux. Autrefois, nous nous sommes cachés. Maintenant, nous devons peut-être changer de stratégie, ajouta le jardinier avant de raccrocher.

– Je suis désolée ! répéta Anita pour la centième fois.

– Tu es désolée ? C'est tout ce que tu sais dire ? explosa son père, en agitant sa fourchette dans le petit restaurant de Zennor.

– Je ne me suis pas rendu compte qu'il était si tard !

– Vraiment ? Tu ne t'es même pas aperçue que le soleil se couchait ?

– Papa... pardon...

Le propriétaire du restaurant arriva à point nommé pour mettre fin à ces remontrances. Le rôti aux pommes de terre fumant était si alléchant qu'il aurait mis n'importe qui de bonne humeur. Malgré sa faim, Anita jugea plus prudent de ne pas se jeter dessus.

– Il aurait suffi d'un message, râla encore son père. Un simple coup de fil.

– Mon portable ne captait plus le réseau, expliqua-t-elle.

– Peut-on au moins savoir où tu es allée ?

– J'ai pédalé le long du bord de mer.

– Pour te rendre où ?

– Au collège Saint-Ives, répondit Anita, lâchant la première chose qui lui passait par l'esprit.

Son père prit ses couverts d'un air sombre :

– Ta mère était furieuse.

– Pourquoi ? Tu lui en as parlé ?

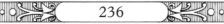

– Évidemment ! Tu as disparu pendant plus de six heures !

– Elle n'aurait jamais fait ça, elle !

Son père entama une pomme de terre.

– Quoi, *ça* ?

– Elle ne te raconte pas ce qui pourrait t'inquiéter, révéla Anita. Une histoire comme celle d'aujourd'hui... elle ne t'en aurait jamais parlé.

– C'est sa méthode, alors..., murmura M. Bloom.

Il haussa les épaules, un peu tranquillisé, et reprit d'un ton plus indulgent :

– Mange donc !

Anita ne se le fit pas dire deux fois. Son équipée en forêt et le trajet du retour à vélo lui avaient donné un appétit d'ogre. Ils dînèrent en silence, sans revenir sur le sujet de leur dispute. À la fin du repas, elle proposa à son père les caramels de Nestor.

– Ça te radoucira peut-être, plaisanta-t-elle.

Son père en prit un ou deux. Après avoir téléphoné à sa mère pour la rassurer, Anita envoya en cachette un SMS à Tommi : *J'y suis allée. Et je leur ai parlé !*

Quand ils sortirent du restaurant, le ciel était parsemé d'étoiles.

Nom : **Julia Covenant**

Lieu et date de naissance : Londres, le 6 mars
Âge : 13 ans
Lieu de résidence : Villa Argo, Salton Cliff 1, Kilmore Cove.
Signes particuliers : Rapide, sportive. Elle préfère nager
plutôt que de rester enfermée à la maison pour étudier.

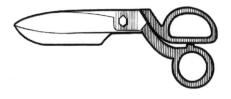

Chapitre 18

Les frères Cisaille

– Ça doit être ici, dit le blondin qui conduisait la voiture de sport.

Son frère, le frisé, répondit :

– Quelle horreur !

Ils contemplaient l'étendue des champs verdoyants, les maisonnettes de Zennor et la mer à peine visible au-delà des falaises qui bornaient l'horizon.

– Je ne vois pas d'hôtel, dit le frisé.

– Tu insinues que je me suis trompé de route ? s'offusqua le blondin. La pancarte parle clairement, pourtant.

– Désolé de te contredire, mais la pancarte ne *parle* pas. On peut dire, à la limite, qu'elle est claire.

– Touché! reconnut à contrecœur le blondin. En tout cas, il y a marqué *Zennor* dessus. Avec des lettres beaucoup trop grandes par rapport au panneau, je l'admets. Il aurait fallu une composition plus aérée...

– Et une couleur plus vive. On dirait l'écriteau d'un cimetière.

Le frisé sortit de la poche de sa veste le morceau de carte de Cornouailles qu'il avait découpé dans le plan complet. Il le consulta d'un air ennuyé et déclara :

– Oui, on y est.

Puis, regardant au-dehors :

– Mais je ne vois pas l'hôtel.

– Il est peut-être au milieu de ces maisons.

Le frisé fit la moue.

– On demande à quelqu'un? suggéra le blondin.

– Ah non! L'accent épouvantable des gens du cru m'horripile! On va fouiner un peu dans le village, en se fiant à nos facultés, *parce qu'elles se reposent sur l'habitude qui sait ce qu'il y a à faire et n'a pas besoin d'elles...*

Tout en prononçant la dernière partie de sa phrase, le frisé avait levé l'index, alertant son frère. Celui-ci se concentra.

– Attends un peu... Marcel Proust ? suggéra-t-il.

Le frisé hocha la tête.

– Plus précisément ? fit-il.

– Voyons... l'habitude, l'habitude... *À l'ombre des jeunes filles en fleurs*, chapitre 4.

– Exact ! Parfaitement exact !

Ils restèrent silencieux quelques secondes. Puis l'un d'eux lâcha :

– Une phrase tout à fait inutile, quand on y pense.

– Tu peux le proclamer haut et fort, approuva l'autre. Si c'était moi qui en avais décidé, j'aurais cisaillé là-dedans comme il faut. Et le texte coulerait avec beaucoup plus de rapidité et de légèreté.

Les deux frères Cisaille ricanèrent.

Ils éliminaient toujours ce qui leur paraissait superflu. Ils l'éliminaient définitivement.

Aux abords du village, la route recommença à grimper. La présence de quelques poules sur le talus irrita le duo.

– Pourquoi nous a-t-il expédiés en pleine cambrousse ? se lamenta le blondin. Voynich n'aurait pas pu choisir New York ? Il y a l'affaire de ce gamin qui a ouvert une agence de fantômes.

– Will Moogley, précisa le frisé. Ce n'est pas lui qui l'a ouverte. Son oncle la lui a léguée.

– Et tu y crois, toi ?

– Je crois à ce que je lis. C'est mon travail. Et de plus... Hé, regarde ! Une fille.

Le frisé désigna une bicyclette qui débouchait d'une petite route, entre les maisons.

– Tu penses que c'est la fille que nous cherchons ?

– Je prends le Traque-Erreurs et je te dis ça tout de suite...

Le frisé attrapa sur le siège arrière une valisette noire. Elle contenait des ciseaux de dimensions très variées, disposés comme dans une mallette de voyageur de commerce. Il choisit, dans un compartiment latéral, des lunettes mécaniques dont la monture comportait une multitude de mécanismes. Il les mit sur son nez et opéra quelques réglages. Les engrenages tournèrent, les verres s'allongèrent, tel l'objectif d'un appareil photo. Il affina la mise au point sur la bicyclette et s'exclama :

– Ah !

– Alors ?

– C'est elle, pas de doute. Treize ans à vue de nez, plaisanta le frisé. Cheveux longs et foncés. Elle a un sac à dos sur les épaules et elle pédale très vite.

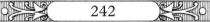

Il sortit de la même petite poche de son veston une photographie découpée de manière artistique, y jeta un coup d'œil, et conclut :

– Nous avons déjà repéré Anita Bloom.

– Qu'est-ce qu'on fait, maintenant ? demanda son frère en appuyant sur l'accélérateur. On la suit ?

– Mmm... non. Inutile de se donner cette peine. Essayons plutôt de comprendre d'où elle sort.

Ils continuèrent à rouler et découvrirent le *bed & breakfast*. M. Bloom était attablé au soleil, en train de lire le journal, une tasse de café à côté de lui.

– Bonjour, les salua-t-il.

– Bonjour, répondirent-ils.

Puis, lentement, ils s'approchèrent, affichant un sourire énigmatique :

– Nous nous trompons peut-être, mais il nous semble avoir vu sortir d'ici une jeune fille à vélo qui pédalait à toute vitesse.

M. Bloom rit.

– Il n'y a pas d'erreur. C'était ma fille.

– Pouvons-nous nous asseoir ? s'enquit le frisé.

– Bien sûr, répondit M. Bloom, qui leur désigna une soucoupe contenant quelques caramels. Vous en voulez ? Ma fille me les a donnés.

Les frères Cisaille en prirent un ou deux, par politesse, mais ils ne les mangèrent pas.

– Elle avait l'air pressée, commenta le frisé.

– Je parie qu'elle allait à la plage, insinua le blondin.

M. Bloom replia son journal.

– En fait, elle veut se rendre dans une petite ville de la côte, à quelques kilomètres d'ici, expliqua-t-il. Je crois qu'elle l'a déjà visitée hier.

– Une petite ville?

– Dont j'ignore tout. Je sais seulement qu'il s'y trouve un collège.

Les deux frères échangèrent un coup d'œil.

– Et elle s'appelle comment, cette petite ville? demanda le frisé.

La route du bord de mer était droite et déserte. Elle courait entre la falaise échancrée de minuscules criques et une étendue de prés délimités par des murets en pierres.

Anita atteignit la descente qui menait au chêne aux hameçons et poursuivit son chemin parmi les grandes touffes d'herbe sauvage. Le chemin se remit à monter, et la jeune cycliste continua à rouler, dressée sur les pédales.

Au bout d'un quart d'heure, elle parvint à un croisement, et s'arrêta pour lire les panneaux routiers. L'air résonnait du chant des grillons.

La route obliquait maintenant vers l'intérieur des terres : elle conduisait à *ZENNOR*, et ensuite à *SAINT-IVES*, la petite ville dont les jeunes de Kilmore Cove fréquentaient le collège. Du côté opposé, le panneau indiquait : *MER*. La quatrième voie du croisement, la plus étroite, dont le revêtement avait connu des jours meilleurs, ne faisait l'objet d'aucune signalisation.

Après s'être assurée que personne ne la voyait, Anita s'engagea sur cet embranchement.

– J'arrive ! cria-t-elle, se laissant porter par la pente.

Le visage fouetté par le vent, elle vit venir à elle une villa en ciment très moderne, apparemment abandonnée, dont la forme ronde évoquait un gâteau retourné. La grille était ouverte. De nombreuses fenêtres béaient, leurs vitres cassées.

La maison qui avait appartenu à Olivia Newton dégageait une impression fantomatique.

Anita la laissa derrière elle, dépassa le chemin de terre d'Owl Clock et continua à descendre vers la mer, penchée sur son guidon.

Soudain, elle l'aperçut : Kilmore Cove, avec sa petite baie, et, sur la falaise, la Villa Argo.

Alors que le village, comme par enchantement, surgissait au détour du dernier virage, Anita se mit à rire.

Car, s'il s'agissait vraiment d'un enchantement, elle en faisait maintenant partie.

Chapitre 19

Le guide

Anita traversa le village à toute vitesse, évitant d'un cheveu trois garçons qui allaient prendre le minibus scolaire.

Elle se retourna pour s'excuser mais ne s'arrêta pas. Il lui fallait beaucoup d'élan pour entamer l'ascension de la falaise de Salton Cliff.

Quand elle franchit la grille de la Villa Argo et entra dans le parc de la vieille maison, elle se sentit récompensée de ses efforts. Heureuse.

Il n'y avait pas d'autre mot pour décrire ce qu'elle ressentait : l'ombre des arbres séculaires, le miroitement

de la mer, la brise légère, les rais de lumière qui filtraient entre les feuilles... tout cela tissait un réseau d'émotions qui l'enveloppaient tout entière.

– Anita ! la salua Rick, apparu sur le seuil de la cuisine.

Elle lui sourit sans répondre. Essoufflée par la montée aux multiples virages, elle était incapable de parler. Elle voulut attacher sa bicyclette près de celle du garçon aux cheveux roux.

– Inutile de mettre l'antivol. Personne ne te la prendra !

Anita suivit son conseil. Elle remarqua la montre accrochée au guidon du vélo de Rick. C'était celle de son père, d'après ce qu'elle avait lu dans les livres d'Ulysse Moore.

Jason jaillit hors de la cuisine.

– Enfin ! s'exclama-t-il, les yeux brillants. On commençait à craindre que tu ne viennes pas.

Sans même lui laisser le temps de réagir, il l'entraîna dans la Villa Argo en annonçant :

– On a traduit tout le carnet ! Comme mes parents sont à leur travail, on a décidé de se réunir à la maison.

La Villa Argo était telle qu'Anita l'avait imaginée. De la grande cuisine en briques, avec sa table à

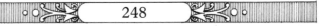

carreaux blancs et rouges, on passait dans un salon encombré : statues, vases, pièces archéologiques, masques de diverses peuplades, rapportés de tous les coins du monde, trônaient sur de vieux meubles austères. Le sol était couvert d'une superposition de tapis multicolores, aux extrémités élimées par l'usage. À la suite de ce salon, un deuxième, moins imposant, accueillait un guéridon et l'unique téléphone de la maison.

Anita perçut le frémissement d'un courant d'air provenant de l'escalier.

Sur sa droite, elle découvrit une petite pièce à laquelle on accédait par trois marches. C'était la plus ancienne de la maison, avec sa voûte en briques et ses épaisses parois de pierre.

Et là, enchâssée dans le mur, noire, brûlée, couverte de griffures, il y avait la porte du temps. Une armoire la dissimulait en partie, mais, dans l'intervalle sombre qui séparait le meuble du mur, on distinguait les quatre trous de serrure, un pour chaque clef.

– Ma sœur est là aussi…, murmura Jason, arrachant Anita à ses pensées.

Il l'entraîna dans la véranda. Derrière eux, Rick lança :

– Si j'ai un conseil à te donner, fais semblant de ne pas entendre ses quintes de toux !

Nestor apparut, tenant un thermomètre et un verre où flottaient les feuilles d'une plante médicinale.

– Ciao, Anita, bougonna-t-il.

Il ajouta entre ses dents :

– Cette petite Covenant est plus têtue qu'une mule.

– Bonjour, Nestor, dit Anita.

Le jardinier boiteux confia le thermomètre à Jason :

– Peux-tu te charger de lui faire prendre sa température d'ici deux heures et de lui faire boire cette décoction de tussilage ?

– Même pas la peine d'y penser ! hurla Julia depuis la véranda. Pas question que j'avale cette mixture !

– Ça a déjà diminué ta toux, alors tu la prendras quand même, répliqua Nestor en disparaissant dans le dédale de la maison.

Anita s'avança sous la véranda inondée de soleil. Julia était allongée sur un des divans blancs placés face à la cheminée, où ne brûlait aucun feu. Une couverture de laine écossaise lui enveloppait les jambes. Sa grimace fit rire Anita. Julia rit à son tour. Elles se saluèrent :

– Ciao.

– Ciao.

– Tu vas un peu mieux ?

– Ce bonhomme est une vraie plaie, râla la malade.

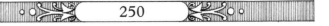

Anita s'installa sur le divan. Les livres de la veille traînaient sur le tapis, avec un amas de feuilles, des dessins, des bouts de crayon, deux équerres, un compas, un surligneur jaune et une dizaine de blocs-notes.

– Vous avez drôlement travaillé, observa-t-elle, regrettant de ne pas avoir participé aux recherches.

Jason s'assit à même le sol, au milieu du bric-à-brac.

– C'était trois fois rien, crâna-t-il. Pas vrai, Rick ?

Le rouquin sourit.

– Alors ? Qu'est-ce que ça raconte ? les questionna Anita.

– C'est là que ça se complique, dit Jason.

Il fit asseoir Rick derrière lui, puis allongea le bras et sortit de dessous le canapé le carnet de Morice Moreau.

Anita se percha au bord du coussin, anxieuse. Son regard passa de Julia à Rick, puis à Jason.

Elle attendait.

Jason prit enfin la parole :

– Le livre se compose d'une vingtaine de pages, celle de la dédicace comprise. Sur chaque page, il y a des dessins et de très nombreuses phrases en code. La seizième page a juste été esquissée et les quatre dernières sont blanches... Rick ?

– Les vignettes où apparaissent des personnages se trouvent sur les pages 2, 5 et 13. Qui sont trois nombres premiers. Et nous pensons que ce n'est pas un hasard.

– Pourquoi ?

– Le carnet mesure exactement 15 centimètres sur 20, répondit Jason.

– Et alors ?

– 15, c'est 13 + 2. 20, c'est 2 + 5 + 13, expliqua Rick.

Anita sourit, embarrassée.

– Waouh ! commenta-t-elle.

Tommi, lui, aurait parfaitement compris leurs déductions !

Jason ouvrit le carnet à la page 2.

– Ici, il y a une inscription en clair, mais dont le sens est obscur.

– *Et in Arcadia ego*, dit Anita, qui la savait par cœur.

Jason acquiesça.

– Plus bas, continua-t-il, il y a une des trois vignettes. Personne n'y est jamais apparu. Le dessin qui est autour, comme vous le voyez, représente trois bergers devant une sorte de tombe, dans un paysage de bois et de collines.

– Que signifie cette phrase ? voulut savoir Julia.

– C'est du latin, répondit son frère. Ça veut dire... « Moi aussi en Arcadie ».

– Donc, on est tout de suite allés voir à «Arcadie», le relaya Rick, en désignant le *Manuel des lieux imaginaires*. Et on a appris qu'il s'agit d'une région de la Grèce antique. Enfin... pas seulement. À partir de 1500, des peintres célèbres ont inséré la phrase *Et in Arcadia ego* dans certains de leurs tableaux. On n'a jamais découvert pourquoi. Ce que l'on sait, c'est que l'Arcadie est devenue une terre mythique. Un endroit légendaire où, selon certains, aucune maladie ne pouvait se propager. Ou bien, selon d'autres, un lieu où devait être caché un immense trésor.

Julia leva la main :

– Je réserve un billet !

– Et maintenant, continua Jason, le plus beau : le texte caché.

Rick récupéra un des blocs-notes, puis toussota pour caler sa voix :

– Morice Moreau écrit : *Le village dont je vous parle, amis, est loin de tout autre, et pas seulement géographiquement. Il implique une conception du voyage inédite. L'usage et l'existence même du passeport et autres documents sont pratiquement ignorés. Vous n'aurez besoin d'aucun visa. Toutefois, il est bon que le voyageur soit muni de papiers d'identité personnels et des certificats sanitaires utiles en cas de besoin. Vous pouvez accrocher*

à votre cou une plaque d'identité avec vos données.
N'oubliez pas d'ajouter : Membre de l'Espèce humaine.

Rick marqua une pause. Les enfants se dévisagèrent.

– C'est vraiment ce qui est écrit ? demanda Anita,
médusée.

– Attendez, attendez ! fit Jason.

Rick continua :

– Les billets de banque ne sont pas acceptés. Pour payer,
emportez de l'or et de l'argent, de préférence en petite
quantité. Je conseille une ceinture dotée de poches appro-
priées pour éviter les vols. Car le lieu dont je vous parle n'a
pas de contacts avec le reste du monde, le cours des mon-
naies y est pour le moins arbitraire. Des pendeloques et
autres objets pourraient vous être utiles pour faire du troc
avec les marchands. Je préconise un bagage très restreint.
Ni malles ni valises, mais des sacs en cuir. Il vous suffira
d'une tente, d'une couverture et d'une moustiquaire.
Mais n'oubliez pas d'emporter une tenue de soirée pour les
bals auxquels vous ne manquerez pas d'être invités.
Indispensable : une marguerite des vents.

– Des bals ? s'étonna Julia.

– Et qu'est-ce que c'est, une marguerite des vents ?
s'enquit Anita.

Jason avoua :

– On n'en a pas la moindre idée.

– La traduction, reprit Rick, donne encore quelques conseils : *Dans le village, n'escaladez pas les ruines afin d'éviter les morsures de serpents et de scorpions. Défiez-vous des boissons glacées, fruits et légumes, car ils peuvent provoquer la dysenterie. Buvez de l'eau albumineuse.*

– Qu'est-ce que c'est ?

– On a demandé à Nestor. C'est de l'eau avec du blanc d'œuf battu dedans.

– Beurk ! fit Julia. Encore une de ses recettes dégoûtantes !

– *Emportez des décoctions d'ipéca*[1] *et du calomel*[2] *pour soulager l'estomac et les intestins, des bandages pour les ecchymoses et du sulfate de quinine pour la fièvre...*

Jason ajouta :

– Nestor dit que ce truc est un vieux remède. Et que l'aspirine n'existait pas encore lorsque Morice a écrit ça.

– Là s'arrêtent les instructions pratiques, conclut Rick. Disons... les conseils de voyage.

Jason hocha la tête, et montra à quelle page ils en étaient. Page 5. Celle de la deuxième vignette. Où était apparu l'homme juché sur une pile de chaises.

---

1. Racine qui a la propriété de faire vomir. *(N.d.T.)*

2. Poudre purgative (qui nettoie les intestins) et vermifuge (qui tue les vers). *(N.d.T.)*

– Et nous voici à la page la plus affreuse..., murmura-t-il.

Le dessin autour de la vignette était très éloquent. Il représentait la silhouette d'une montagne très noire. À son sommet, un château en feu. Deux petits points blancs évoquaient des personnes fuyant l'incendie.

Contemplant avec angoisse les flammes rouges qui enveloppaient le bâtiment, Anita demanda :

– Et là, qu'est-ce qui est écrit ?

– Des choses plutôt inquiétantes, reconnut Jason.

Rick reprit sa lecture :

– *Ne parlez à personne de votre voyage. Préparez-le dans le plus grand secret si vous ne voulez pas que le village soit brûlé. D'autres n'ont pas eu cette sagesse et ont tout perdu, même la vie. Sachez dès maintenant que nombreux sont ceux qui cherchent vainement la route. Seul le bon chercheur la jugera accessible à tous. Si vous la trouvez, je vous demande prudence et discrétion.*

Le rouquin fit une dernière pause, avant de se lancer dans la dernière partie de la traduction :

– *Chers amis, en dépit de sa richesse et de ses mille vertus, les audacieux qui se mettent en route pour ce village sont de moins en moins nombreux. Voilà pourquoi les philosophes l'appellent « le Village qui meurt ».*

Avec un sourire, Rick posa son bloc-notes :

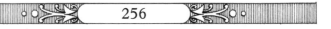

– Fin du texte. Et début des illustrations sans queue ni tête.

La page suivante représentait un homme qui sortait de chez lui en se regardant dans une glace, entouré d'une nuée de volailles.

– Voici le voyageur qui se met en route, reprit Rick. Il est entouré de poulets et de poules.

– Ce sont des coqs, observa Anita. Ils ont une crête et des barbillons sous le bec.

– Et alors ?

– Le voyageur est peut-être français, raisonna-t-elle. Morice Moreau était français. Le voyageur regarde son reflet ; quant aux coqs... Le coq gaulois est le symbole de la France. Les Gaulois étaient l'ancien peuple de ce pays.

– Mais pourquoi une glace ? s'interrogea Jason. Parce qu'il se trouve très beau ?

– Hé, si on regardait le reflet de ce dessin dans un miroir ? Qu'est-ce que vous en dites ? suggéra Julia.

– Bonne idée ! Je vais en chercher un ! s'exclama son frère, qui s'élança dans l'escalier.

En l'attendant, ses amis feuilletèrent les pages suivantes.

Dans un autre dessin, le même homme cheminait au bord d'un ruisseau. Puis dans un bois. Enfin, il rejoignait l'enceinte du Village qui meurt.

La dernière illustration n'était qu'une ébauche.

On y lisait quelques lettres sans signification, *TER R*, et on y découvrait l'esquisse d'un animal bizarre. Une sorte de porc-épic.

Les quatre pages suivantes étaient blanches.

Jason revint avec un petit miroir cerclé d'argent. Le quatuor s'en servit pour examiner le dessin de l'homme entouré de coqs.

– Vous repérez quelque chose de particulier, vous ? s'enquit Rick.

– Rien du tout.

Anita crut alors remarquer quelque chose :

– Moi, il me semble qu'il y a...

– Quoi ?

Elle secoua la tête, et retourna le carnet dans l'autre sens :

– Ici, vous voyez ? On dirait que les pattes des coqs forment des lettres...

– Un M ! s'exclama Julia.

– Où ?

– Là. Je le devine dans le miroir.

– Et ça veut dire quoi, M ?

Ils tournèrent la page et continuèrent d'observer les dessins inversés dans la glace.

– Ici, il y a un O, dit Anita.

Julia approuva d'un signe, alors que les deux garçons n'arrivaient pas à le distinguer.

Dans le dessin suivant, deux autres lettres étaient cachées.

– Celui-là, je le vois ! exulta Rick. Entre les arbres. C'est encore un M.

– Un N, le corrigea Anita.

– Mais comment faites-vous pour les voir ? se lamenta Jason.

– Toi, tu n'as qu'à les noter sur un papier, lui ordonna sa sœur tout en passant à une autre page.

Rick, Anita et Julia scrutèrent les images jusqu'à en avoir les larmes aux yeux.

Peu à peu, ils repérèrent toutes les lettres qui, selon eux, y étaient dissimulées.

Jason n'en vit pas une seule. En revanche, une fois la recherche terminée, les lettres formaient un mot parfaitement clair.

C'était le nom d'une ville française.

Pour trouver le Village qui meurt, les voyageurs devaient partir de là[1].

---

1. Cher lecteur, pour éviter tout danger, nous avons décidé de ne pas publier le nom de cette ville. *(N.d.A.)*

Nom : **Rick Banner**

Lieu et date de naissance : Kilmore Cove, le 2 octobre
Âge : 13 ans
Lieu de résidence : Kilmore Cove, non loin de l'ancienne gare.
Signes particuliers : Solide et fiable. Il s'efforce de raisonner avant d'agir.
Nul n'ignore qu'il a un faible pour Julia.

Chapitre 20

Espionnage

Le collège de Saint-Ives se nichait au milieu d'un parc immense. Pour y parvenir, il fallait laisser derrière soi la falaise et la plage de sable blanc, et obliquer vers l'intérieur des terres. On apercevait d'abord les toits des bâtiments, noyés dans le vert. Peu après, on commençait à entendre les cris des enfants.

– J'ai horreur de ce genre d'endroit, dit le frisé, la main sur la portière de la voiture de sport.

– À qui le dis-tu ! maugréa son frère.

Ils s'étaient arrêtés devant l'entrée du collège, sur un grand parking, déjà encombré d'une armada de

bicyclettes, de quelques voitures et de deux vieux minibus scolaires.

– Tu aperçois la gamine ? demanda le frisé.

– Non. Mais, étant donné le boucan, on ne va pas tarder à en voir des centaines !

Sans descendre de voiture, les deux acolytes avancèrent parmi les véhicules garés, en les examinant l'un après l'autre. Finalement, ils stationnèrent à l'ombre d'un grand tilleul, baissèrent les vitres et se mirent à discuter.

– Que fait Anita Bloom ici ? Elle vient à l'école alors qu'elle est en vacances ?

– On ferait peut-être mieux de retourner l'attendre là où est son père.

– On le fera de toute façon. Il a dit qu'ils repartaient demain, non ?

Le blondin tira de sa valise une paire de ciseaux très spéciaux, prit un cigare dans la niche du tableau de bord et, d'un coup sec, le partagea en deux. Il en alluma une moitié et souffla des volutes de fumée bleue.

– Vise un peu cette caisse, cousin ! Géniale, non ? fit une voix, non loin de la voiture.

– Waouh ! s'exclama une deuxième voix.

– Ce doit être une Cadillac, marmonna une troisième voix.

– C'est une Aston Martin, cousin !

À quelques pas du bolide avaient surgi trois jeunes garçons aux tignasses en fleur d'artichaut ; ils se mirent à tourner autour de la carrosserie, tels des papillons fascinés par la lumière.

– Waouh !

– Tu as vu ces couleurs !

– C'est une DB7 de 1997.

Le blondin lâcha un nuage de fumée, puis leva un doigt auquel brillait la bague en or des Incendiaires.

– Hum, petit..., dit-il. Pour ton information, c'est une DB7 de 1994.

Le visage dur du petit Flint lui fit face.

– C'est une voiture mythique, monsieur, commenta le garçon en admirant le tableau de bord.

Le frisé se pencha par-dessus le volant :

– Tu peux toujours nous filer un billet, morveux, on ne te fera pas monter.

– Eh, calme-toi ! s'exclama le blondin. On a affaire à un jeune passionné de mécanique, voyons.

– Dans ce cas, dis à ton jeune passionné que son copain arrête de toucher la vitre avec ses doigts graisseux.

– Ce n'est pas mon copain, répliqua aussitôt le petit Flint.

Il donna un ordre péremptoire au grand Flint, qui éloigna de la vitre le moyen Flint.

– C'est mon cousin. On ne choisit pas sa famille.

Le blondin et le frisé éclatèrent de rire.

– Vous êtes des agents secrets ? leur demanda le grand Flint.

– Qu'est-ce qui te fait penser ça, espèce d'échalas ? répliqua le blondin en tirant sur son cigare.

– Vous avez une voiture d'agents secrets. Vous fumez comme un agent secret. Et vous avez la photo d'une fille sur le tableau de bord.

De nouveau, le frisé et le blondin ricanèrent.

– Malgré ton accent, tu es bon observateur, mon garçon, commenta un des frères.

– C'est moi qui lui ai appris à l'être, glissa le petit Flint.

Il désigna alors la photo d'Anita Bloom sur le tableau de bord et révéla :

– Je sais où elle est. Vous perdez votre temps en la cherchant ici.

Pour toute réponse, le blondin lui cracha une bouffée de fumée dans la figure :

– Tu parles sérieusement, gamin ?

– Je m'appelle Flint !

– Très bien, Flint. Que peux-tu me dire sur cette fille ?

– Vous me faites faire un tour en voiture, mar-
chanda le jeune voyou, et je vous conduis à elle.

Dans le jardin de la Villa Argo, le vent soufflait
fort, à présent. Anita s'était aventurée jusqu'à un
escalier qui descendait à flanc de falaise. C'était gri-
sant de regarder la mer de si haut.

Quand elle entendit venir Jason, elle ne se retourna
pas.

– Un sacré défi, non ? lui lança-t-il. Les Pyrénées...
Personnellement, je n'y suis jamais allé.

C'était dans cette chaîne de montagnes, séparant
la France de l'Espagne, que se situait le point de
départ pour parvenir jusqu'au Village qui meurt.
Ils avaient regardé la carte, en rêvant de le trouver.

Arcadie.

Le Village qui meurt.

Un lieu secret, où les maladies n'existent pas.

Une femme qui leur demande de l'aide. Et eux, les
Voyageurs imaginaires, qui rêvent de partir à sa
recherche.

Un voyage difficile, que peu de gens auraient le
courage d'entreprendre.

– Nous ne sommes que des enfants, dit Anita,
après réflexion.

– Et...?

Le vent soulevait ses cheveux. La mer mugissait.

– C'est une chose énorme, expliqua Anita. On devrait peut-être... en parler à quelqu'un.

Jason s'approcha. Il était plus grand qu'elle. Ses longues mèches battaient son front.

– À qui, par exemple?

Tout bien réfléchi, la seule personne à laquelle Anita aurait souhaité en parler était Tommi.

Au pied de la falaise, la mer s'obscurcissait, semblable à une nappe de pétrole.

– Ce Village qui meurt ressemble beaucoup à Kilmore Cove, raisonna Jason. Il ne figure sur aucune carte. Il est petit. Et protégé. Lui aussi garde des secrets. Et les secrets... ce n'est pas pour tout le monde.

– La femme du carnet..., murmura Anita. Elle m'a dit qu'elle était la dernière. Mais la dernière de quoi, Jason?

Le garçon s'appuya au parapet en bois du petit escalier.

– La dernière de ses habitants? suggéra-t-il.

– Elle avait peur.

– Si j'étais le dernier habitant de Kilmore Cove, j'aurais peur moi aussi. Et je voudrais que quelqu'un me vienne en aide.

– C'est vrai, tu serais prêt... à aller là-bas ?

– J'aimerais essayer.

– Mais on ne sait rien ! répliqua Anita. OK, on a trouvé le nom d'une ville des Pyrénées. Et il y a ces dessins bizarres. C'est quand même limité pour découvrir ce Village qui meurt !

– Je peux te montrer quelque chose ?

Jason la précéda dans l'escalier.

Depuis la véranda de la Villa Argo, Rick les vit disparaître vers le bas de la falaise et s'interrogea :

– Qu'est-ce qu'ils fabriquent, ces deux-là ?

– Laisse tomber, lui conseilla Julia. Dis-moi plutôt tes intentions !

Rick se gratta la tête :

– Je n'en sais rien. Aller dans les Pyrénées pour suivre les instructions de ce carnet... tout de suite, du jour au lendemain... Franchement, je trouve ça... dingue.

Nestor entra dans la pièce. Il tenait un vieil appareil photographique. Sans faire aucune remarque, il se planta devant Rick et lui ordonna :

– Souris.

La lumière blanche du flash inonda la véranda.

– Hé ! protesta Rick en se frottant les yeux. Qu'est-ce que tu fais ?

– J'avance le travail, déclara le jardinier, énigmatique.

Julia éclata de rire. Puis, prise d'un frisson, elle s'abrita sous la couverture écossaise.

– Je pense que mon frère a raison, murmura-t-elle, les yeux brillants de fièvre.

Plantant son regard dans le sien, Rick songea aux innombrables lettres qu'il avait voulu lui écrire. Et son cœur se mit à battre à coups précipités.

– Tu ne vas pas bien, Julia.

Elle baissa les paupières, coupant le contact. Rick rassembla les feuilles disséminées par terre.

– Il faut tout remettre en ordre avant le retour de tes parents.

Julia se mit à tousser.

– Tu veux quelque chose ? s'enquit-il.

– Oui, répondit-elle en souriant. Que tu m'emmènes avec toi. En Arcadie.

Jason descendit l'escalier de la falaise avec son assurance habituelle. Sans jamais effleurer Anita, il la conduisit tout en bas, jusqu'à une plage défendue par les écueils. Pendant qu'elle enlevait ses chaussures pour tremper ses pieds dans l'eau, il chercha l'objet qu'il avait caché dans le coin.

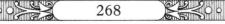

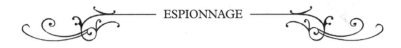

Il revint avec une petite boîte, un accessoire de pêche qui dégageait une odeur épouvantable. Elle contenait des hameçons et des petites boules d'argile.

Le jeune Covenant fit rouler les petites boules dans les mains d'Anita :

– Tu sais ce que c'est ?

Elle en avait une idée. On en parlait dans le premier livre d'Ulysse Moore.

– Ce sont des sphères de terre-lumière..., dit-elle. Chacune de ces boules abrite une luciole, et puis... elle s'entrouvre et...

Elle leva les yeux vers la grande falaise à pic de Salton Cliff, toute blanche. Elle était beaucoup plus haute qu'elle ne l'avait pensé.

– Ces boules de terre, la petite boîte, un billet avec une phrase codée..., on n'en possédait pas davantage lorsque cette histoire a commencé, murmura Jason. C'était beaucoup moins que ton livre-fenêtre.

Anita serra les petites boules au creux de sa paume.

– C'est de la folie ! s'écria-t-elle. Sans parler du fait que je ne vois vraiment pas comment arranger le coup avec mes parents...

Elle se mordilla la lèvre et ajouta :

– À quoi ça rime de suivre les indications de Morice Moreau ?

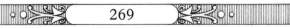

– C'est ce qui nous permettra de sauver la femme qui a imploré ton aide.

– Ah oui ? Et de quelle manière ?

– J'ai une idée.

– Quelle idée ?

Entre les écueils, la mer se déchaînait. Les mouettes s'élançaient plus haut pour se laisser porter par le vent.

S'il avait su comment s'y prendre, Jason aurait saisi le visage d'Anita entre ses mains et l'aurait embrassée.

Comme il ne savait pas, il se contenta de lui faire part de son idée.

– Et vous l'avez vue ici ? insista le frisé en mettant ses lunettes de soleil.

– Oui, monsieur, répondit le petit Flint.

– Exactement, répondit le grand Flint.

– J'ai rien compris…, geignit le moyen Flint.

Ils étaient tous plantés devant la promenade de Kilmore Cove. Un village honteusement petit et honteusement maritime, selon les frères Cisaille.

– Et par où se dirigeait-elle ?

– Par là.

Le regard des deux frères se fixa sur la grande villa qui dominait la falaise de Salton Cliff.

– Qui habite dans cette maison ? s'enquit l'un d'eux.

– Beurk ! fit le grand Flint.

– Les Covenant, précisa le petit Flint.

Le frisé devint très attentif :

– Covenant, tu dis ?

– Exactement, monsieur.

– Vérifie, ordonna le frisé à son frère. C'est un des noms qui figurent sur notre agenda.

– *Jason Covenant*, lut le blondin.

– C'est lui ! s'exclama le moyen Flint.

Le plus grand montra les poings. Le petit Flint expliqua :

– Nous détestons les Covenant.

– Pourquoi ? s'informa le frisé.

– Parce que ce sont des étrangers.

– Nous aussi, nous sommes des étrangers.

– Mais vous avez une Aston Martin DB7.

Les frères Cisaille ricanèrent.

– Ainsi va le monde, petit. Parle-nous un peu des Covenant.

Le petit Flint haussa les épaules :

– Ils restent presque tout le temps là-haut. Ils ne descendent pas souvent au village. D'ailleurs, ils n'ont qu'un ami, ici.

– Rick Banner, précisa le grand Flint.

– Mais pourquoi vous intéressez-vous à tout ça?
voulut savoir le petit Flint.

Le frisé ajusta ses lunettes de soleil :

– T'occupe. Continue.

– Les informations, ça se paie, comme dans les films,
rétorqua le petit Flint.

– On vous a emmenés jusqu'ici en voiture. Ça ne
suffit pas ?

Les trois cousins échangèrent des regards dubitatifs.

– Voilà ce qu'on va faire..., lâcha le blondin.
Puisqu'on cherche des informations sur cette fille et
sur les Covenant...

Il tira de son portefeuille un billet de dix livres
sterling :

– ...Vous les tenez à l'œil pour notre compte. Et on
vous paie les informations.

Le petit Flint s'empara du billet.

– Paiement anticipé, fit-il.

Le blondin rempocha son portefeuille, pendant
que son frère regardait autour de lui. Des cottages.
Des cottages. Et encore des cottages.

– Dites un peu, les cousins... On peut manger
quelque part ?

– Vous pouvez aller à la taverne SaltWalker, répondit le petit Flint.

– Ou alors, imiter notre cousin et passer à la pâtisserie Chubber, ajouta le grand Flint.

À la Villa Argo, l'après-midi fut consacré à examiner l'idée de Jason.

Enfermés dans la dépendance du jardinier, les enfants, à l'exception de Julia, déterminèrent une série de probabilités. À cinq heures précises, leur stratégie était définie en détail. Anita quitta la Villa Argo pour rejoindre son père.

Quand elle dépassa la maison abandonnée d'Olivia Newton, une voiture la prit en filature.

Une Aston Martin DB7.

À Kilmore Cove, il ne restait qu'une ou deux choses à régler. Pour la deuxième fois en quarante-huit heures, Nestor appela Black Volcano à la gare abandonnée.

– On a besoin de ton aide, lui dit-il sans détour.

– Qui ça, *on* ? Et quel genre d'aide ?

– Y a-t-il un moyen de faire sortir discrètement la locomotive de Kilmore Cove ?

– Tu sais très bien qu'on a fermé la galerie, lui rappela Black Volcano.

– Mais on avait préservé une voie de fuite qui coupe à travers les collines, non ? rétorqua Nestor.

– Où voudrais-tu aller ?

– Il ne s'agit pas de moi mais de... deux des enfants, révéla Nestor.

– Où doivent-ils se rendre ?

– À Londres.

– À Londres ? s'étonna Black. C'est une belle trotte... Il faut que je vérifie.

– Ça signifie qu'il y a un moyen ?

– Ça signifie que je dois descendre à la billetterie et remettre en route la machine des horaires de Peter. Autant dire que ça va prendre une demi-heure, lorsqu'on connaît les inventions de Dedalus. Quand désirent-ils partir ?

– Demain, répondit Nestor.

Black Volcano eut un ricanement sarcastique :

– Y a-t-il autre chose que je dois savoir ?

– Non. Ils voyagent léger. Un sac à dos, une tente, une moustiquaire.

– Une moustiquaire, lâcha Black. Tu te moques de moi ?

– Ils ont insisté. Là, ils sont à la cuisine ; ils préparent du sulfate de quinine et de l'eau albumineuse.

– Ils sont devenus fous ?

– Ils ont juste lu un livre avec des instructions de voyage. Et ils veulent les suivre scrupuleusement.

– Un voyage pour aller où ?

– Je n'ose même pas y penser. J'ai presque peur de te le dire.

Black resta silencieux un long moment. Enfin, il reprit :

– Ils l'ont trouvé ? Ils ont trouvé un constructeur de portes ?

– Je n'ai pas dit ça.

– Mais ça t'est venu à l'idée...

– C'est une femme, Black. Et je te demande d'emmener les enfants à Londres demain soir.

– Je te tiens au courant.

Black Volcano raccrocha. Nestor attendit. Plusieurs minutes. Une heure entière.

Puis le téléphone sonna.

– Je t'écoute, répondit aussitôt Nestor.

Black annonça :

– Il n'y a qu'une possibilité pour prendre toutes les bifurcations nécessaires sans croiser d'autres trains. Et sans se faire remarquer.

– Parfait !

– C'est un voyage plutôt hasardeux. Et le départ doit avoir lieu demain, entre une heure vingt et une heure vingt-huit. Dans la nuit.

– Je vais prévenir les enfants.

– Et une fois qu'ils seront à Londres ? demanda d'une voix frémissante Black Volcano.

Il ajouta :

– La constructrice de portes est à Londres ?

– Non.

– Alors, que vont-ils chercher là-bas ?

– Ils vont prendre l'avion.

Chapitre 21

Le voyage à rebours

Depuis la voiture, on pouvait voir défiler le paysage de l'aller en sens inverse : la campagne sauvage des Cornouailles laissa la place aux premières maisons de banlieue. Bientôt, les immeubles s'amassèrent les uns contre les autres, finissant par occuper tout l'espace visible.

Londres. La métropole, ses rues et ses lumières.

– On a eu un beau week-end, dit M. Bloom en ralentissant à un feu de circulation. Tu ne trouves pas ?

Sa fille contemplait l'univers de verre, pierre et ciment qui se développait autour d'elle. Elle regardait

les gens qui marchaient sur les trottoirs en évitant d'autres passants.

Elle se tourna vers son père et hocha la tête. Elle s'était bien amusée, ça oui. Énormément.

– Alors, ce collège ? lança M. Bloom.

Anita resta évasive, répondant que tout s'était bien passé. Que ça lui avait plu de se balader à vélo – elle ne pouvait pas en faire à Venise. Que les plages de Saint-Ives étaient très belles.

M. Bloom ajusta la position du rétroviseur en s'exclamant :

– Quel bijou ! Il y a une Aston Martin, derrière nous !

Anita, elle, déchiffrait les noms des rues qu'ils parcouraient. Elle demanda soudain :

– Tu veux bien m'emmener à Frognal Lane ?

– Frognal Lane ? Où est-ce que ça se trouve ?

– Je n'en sais rien.

– Et que veux-tu y faire ?

Une fois de plus, Anita inventa une excuse. Elle prétendit qu'une boutique de parfums dont sa mère raffolait était située dans cette rue.

– Comme ça, on pourra lui acheter un petit souvenir, suggéra-t-elle.

Puis elle songea que Frognal Lane n'existait probablement pas. Que tout cela n'était qu'un jeu, une

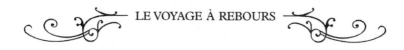

plaisanterie. Il n'y avait ni Frognal Lane, ni méchants, ni destruction par le feu.

Elle pensa au singe de Morice Moreau : il avait survécu à l'incendie du dernier étage de la maison. Certaines choses brûlaient. D'autres pas.

Son père lui tendit le plan de Londres pour qu'elle lui indique Frognal Lane – ce qu'elle fit.

Oui, cette rue existait. Dans le quartier de Hampstead, NW3 7DY.

Anita eut un coup au cœur.

– C'est ici, dit-elle en montrant le plan à son père qui l'étudia un instant avant de hocher la tête :

– On n'en est pas très loin.

« Ce n'est pas possible ! » pensa Anita, qui se cramponna à la poignée intérieure de la portière.

Son père s'engagea dans une rue, dans une ou deux autres encore, et se faufila enfin dans une petite voie bordée d'arbustes. Les maisons, ici, se faisaient soudain plus petites. Et de plus en plus anciennes.

– Où est-elle, cette boutique ?

– Au numéro 23, énonça Anita.

La voiture longea Frognal Lane, lentement. 13, 15. Anita colla son nez à la vitre.

17, 19.

Maisons strictes et anguleuses. Vieilles dames avec gouttières de cuivre et toits en pointe. Lucarnes. Tuiles. Fenêtres hautes et étroites. Petits balcons sans fleurs. Maisons austères. 21.

La rue se rétrécissait. Soudain, une Vespa les dépassa, forçant le père d'Anita à donner un coup de frein. Anita fut projetée en avant et retenue par sa ceinture de sécurité.

– Hé, tu conduis comment ? gueula M. Bloom, cherchant en vain son avertisseur.

Le type en scooter se retourna, les regarda et disparut. Anita crut remarquer qu'au lieu d'un casque, il portait un chapeau melon noir.

– Non, mais tu as vu ça ? râla son père.

– Oui, fit-elle, en papillonnant des paupières.

– Numéro 23, annonça son père en mettant le clignotant. Ça devrait être là.

Il se pencha pour vérifier :

– Il n'y a pas de magasin. Tu en vois un, toi ?

Du coin de l'œil, Anita regarda. Trottoir sombre, passage d'entrée avec une petite grille noire. Trois marches. Un portail peint en gris brillant. À gauche du portail, une plaque ornée d'un motif.

Un éclair allumant un cigare que tient entre ses doigts un homme en chapeau melon.

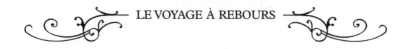
– Oh non, murmura Anita. Oh non... Allons-nous-en !

– Le magasin a dû être transféré ailleurs, supposa M. Bloom.

– Non, non, non, papa, insista Anita. Je me suis trompée. Ce n'est pas ici. Je me suis complètement trompée. Allons-nous-en !

Ils se réengagèrent dans le trafic sans parler. Ils rejoignirent l'immeuble de M. Bloom, qui se gara sur le parking souterrain, dans le box numéro 34. Il descendit, récupéra sa valise. Anita l'imita. Et ils se dirigèrent en silence vers les ascenseurs.

La maison existait bien.

Les Incendiaires aussi.

Tout était vrai.

– Tu es prête pour demain matin ? demanda M. Bloom.

– Oui, répondit Anita.

Ça aussi, c'était vrai.

– À quelle heure dois-je t'accompagner à l'aéroport ?

– À cinq heures cinquante.

Son père fit semblant de se trouver mal :

– *Mamma mia* ! Il n'y avait pas d'autre vol ?

– Non, murmura Anita.

C'était encore vrai.

– Tu as ton billet pour Venise, hein ?

– Oui, affirma Anita en entrant dans l'ascenseur.

Elle n'osa même pas se regarder dans la glace.

Elle venait de proférer un énorme mensonge.

Elle avait son billet.

Mais pas pour Venise.

Ce soir-là, à des kilomètres de Londres, Nestor boitillait dans le jardin de la Villa Argo.

Il sortit le side-car du garage, le fit rouler hors du parc et, une fois sur la route, démarra pour descendre au village. Il emportait une boîte de chocolats de chez Chubber.

Le soleil se couchait derrière un rideau de nuages. Sans attacher les courroies de son casque, Nestor se dirigea vers la maison de Mlle Stella, la plus vieille enseignante de Kilmore Cove.

– Bonsoir, mademoiselle Stella. Je suis Nestor, le jardinier, se présenta-t-il.

Pour engager la vieille enseignante à lui ouvrir la porte, il lui montra les chocolats.

Dix minutes plus tard, il était assis au bord d'un canapé qui semblait sur le point de s'écrouler. Son thé avait un arrière-goût d'ail. Souriant au souvenir des temps anciens, Nestor essaya d'en venir rapidement au but de sa visite : les clefs de l'école.

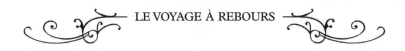

– Vous devriez en avoir encore un double, mademoiselle Stella, lâcha le vieux jardinier.

Comme c'était prévisible, en pensant à son école, l'inébranlable enseignante s'émut. Il n'y avait que quelques mois qu'elle avait pris sa retraite. La disparition du principal Marriet lui avait porté le coup de grâce.

– Il est parti peu avant que la grande baleine s'échoue sur la plage, vous savez ? rappela-t-elle de sa petite voix de soprano.

Nestor s'en souvenait bien. Il supporta les épanchements de Mlle Stella. Après tout, lui aussi l'avait eue pour institutrice.

Une heure plus tard, il sortait de chez elle en serrant dans son poing les clefs de l'école de Kilmore Cove.

Le jardinier de la Villa Argo rejoignit le vieil édifice scolaire et gara son side-car derrière, pour éviter toute surprise. Ensuite, il effectua à pied le tour du bâtiment pour s'assurer que les lumières étaient éteintes à l'intérieur. Devant le portail, il batailla avec les clefs, cherchant la bonne.

Dès qu'il entra, il éprouva ce frisson qu'on éprouve toujours, sans raison précise, quand, après bien des années, on retourne dans son ancienne école. Les

salles vides, les chaises alignées, les tableaux noirs, les chaires aux tiroirs entrouverts, les registres, la caractéristique odeur de craie... Ce sont des choses inoubliables. Porteuses de trop d'émotions pour qu'on les chasse de sa mémoire.

D'ailleurs, Nestor n'aimait pas l'oubli. Il était l'un de ceux – l'un des derniers – qui protégeaient les souvenirs.

Il s'achemina donc dans les couloirs, faisant crisser ses chaussures là où il avait couru autrefois, à l'époque où il était devenu l'ami de Léonard Minaxo, Black Volcano, Peter Dedalus, Clitennestra et Cléopâtre Biggles. Et pendant un instant, il eut l'impression que leurs visages enfantins, souriants au-dessus de leurs uniformes noirs, flottaient autour de lui, tels des fantômes.

Il dépassa le bureau du principal, en remarquant que le nouveau proviseur envoyé de Londres pour remplacer Ursus Marriet avait effectué des changements : disparus le verre dépoli et la plaque ! Une porte moderne hideuse, laquée de peinture noire, les avait remplacés. Nestor était pressé. Sinon, il se serait arrêté pour graver dessus avec la pointe des clefs : *À bas le principal !* Mais ce n'était plus de son âge. Il continua donc sa route.

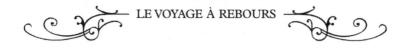
La pièce qu'il cherchait se trouvait au bout du couloir du rez-de-chaussée, après la salle des professeurs. L'entrée était située juste derrière des piles de manuels scolaires, qui n'avaient jamais été inclus au programme et qu'on avait abandonnés sur le sol.

Cette porte était fermée depuis belle lurette. Cependant, comme Nestor l'avait supposé, la clef qui l'ouvrait faisait partie du trousseau de Mlle Stella.

Les caves de l'école. Un escalier humide. Une lumière faible et clignotante.

Le jardinier descendit en se tenant à la rampe.

Une fois en bas, il emprunta un couloir étroit. Les différentes caves se suivaient, désignées par une lettre. Pièce A, B, C...

Nestor s'arrêta devant la D. Comme Dedalus.

Et il ouvrit cette dernière porte.

La lumière de l'escalier, contrôlée par minuterie, s'éteignit. Nestor entra dans la cave et alluma. Il ne s'était pas trompé. Il y avait là une imposante machine, recouverte d'une bâche empoussiérée, qu'il rabattit.

On aurait dit un dinosaure en fer, un étrange croisement entre un métier à tisser, un orgue d'église désarticulé et un morceau de sous-marin. Comme pour les autres mécaniques de Peter, il était pratiquement

impossible de deviner à quoi servait cet engin. Et ce qu'il fallait faire pour l'actionner.

– Salut, Identity, lança Nestor, posant sa main sur la surface en fer noir. J'ai besoin d'un beau passeport tout neuf. Est-ce que ça te dit ?

Il tournicota autour de l'automate, souleva un levier, puis un autre. Identity se mit en marche, et un clavier à touches rondes, semblables à celles d'une ancienne machine à écrire, s'avança vers le jardinier.

Rick Banner, tapa lentement Nestor.

Un deuxième clavier apparut, à l'aide duquel Nestor sélectionna « passeport anglais ».

Une sorte de pince en forme de serpentin, évoquant le cou d'une oie, s'éleva de la machine. Le jardinier y inséra la photo de Rick. Celle qu'il avait faite dans l'après-midi pour avancer le travail.

Identity aspira cette photo dans ses entrailles et cliqueta frénétiquement.

Nestor croisa les doigts en attendant que la machine ait terminé son œuvre.

Chapitre 22

Minuit

En entendant sonner les cloches, Rick Banner se glissa hors de son lit. Il était déjà habillé de pied en cap. Des vêtements pratiques, comme le recommandaient les instructions. Et une ceinture multipoche pour prévenir les vols.

Attentif à ne pas faire de bruit, il sortit de sous son matelas le sac de voyage qui contenait ses tenues de rechange et une ou deux autres choses.

Pour plus de sûreté, il en vérifia une dernière fois les dimensions. Jason lui avait spécifié qu'il devait être de petite taille, pour qu'il puisse l'emporter en avion comme bagage à main.

Rick n'avait jamais pris l'avion. Il n'en avait même jamais vu !

Il refit son lit rapidement et plaça sa lettre d'explication en évidence sur l'oreiller, pour que sa mère l'aperçoive dès qu'elle ouvrirait la porte.

Il guetta les bruits de la maison endormie. Il put percevoir la respiration de sa mère qui dormait dans la pièce au fond du couloir.

Il regarda son lit et soupira. Sa lettre était un tissu de mensonges ! L'excursion scolaire à Londres qu'il avait « oublié » d'annoncer à sa mère n'était qu'un faux prétexte. Et Rick avait horreur de mentir.

– En route ! se dit-il pour surmonter la tentation d'envoyer ce voyage au diable. Les autres ont besoin de moi.

Il sortit de sa chambre, traversa le couloir, ouvrit la porte donnant sur l'escalier et regarda les marches qui descendaient à pic jusqu'à la rue.

Enveloppés par l'étrange pénombre nocturne, les murs blancs semblaient argentés.

Rick cala son sac à dos sur ses épaules.

Après un ultime coup d'œil vers le couloir, il referma la porte derrière lui sans faire le moindre bruit.

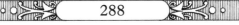

Dans la grande maison au faîte de la falaise, une véritable dispute avait lieu à coups de répliques chuchotées. Deux silhouettes blotties dans le noir s'affrontaient au cœur de la pièce de la tourelle, en haut de l'escalier. Depuis les fenêtres, on devinait les masses sombres des arbres du parc, transpercées par les lumières du village, qui scintillaient au loin. Au-delà de la ligne des récifs, la mer, sous le ciel sans lune, était une présence invisible.

– Tu ne vas pas faire une idiotie pareille !

– Je te dis que je peux venir, insista Julia.

– Non, tu ne peux pas.

– Je t'affirme que oui... *keuh keuh* !

– Ne fais pas de bruit !

– *Keuh...*

Jason bâillonna sa sœur d'une main. Julia toussa au creux de sa paume, en sourdine, avec force postillons.

– C'est dégoûtant !

– Excuse-moi, Jason. Maintenant, la... la...

Julia retint sa respiration. Après quelques secondes, elle se détendit :

– Ça y est. La quinte est passée.

Jason cala les poings sur ses hanches.

– Tu comprends pourquoi tu ne peux pas venir ? chuchota-t-il. Hier encore, tu étais au lit avec de la fièvre !

– J'ai bu toutes les tisanes ! Je me suis soignée !

– C'est un voyage dangereux.

– Le danger est plus grand si je reste ici, soutint Julia.

– Si tu pars avec moi, maman ne nous le pardonnera pas. Elle ne croira jamais à cette histoire d'excursion scolaire surprise.

Julia se tut, soupesant le pour et le contre.

– Tu risques de faire rater notre plan, insista son frère.

– On n'a pas de plan.

– On en a une partie. Et si tu t'entêtes à venir... de toute façon, tu es malade, tu ne seras qu'un boulet.

– Moi, un boulet ? Tu traites ta sœur de boulet ?

– Parle doucement !

– Et toi, ne me traite pas de boul... *keuh, keuh* !

– Chut ! Chuuut !

Jason étouffa deux autres accès de toux. Il essaya de raisonner Julia, mais, comme elle ne lui concédait que des réponses irritées, il lui tourna le dos et fixa les zones d'ombre entre les arbres du jardin.

Presque une dizaine de minutes s'écoula ainsi. Le frère et la sœur percevaient au-dessus d'eux les

craquements du toit et le faible crissement des vers du bois. Soudain, à travers les frondaisons du parc, Jason repéra le mouvement de balancier d'un rond ambré.

– Voilà le signal, annonça-t-il en se détournant.

Il ramassa son sac à dos. Les petites pièces d'or que Nestor lui avait données tintèrent les unes contre les autres. Il atteignit le seuil de la pièce. Derrière lui, Julia n'était que silence.

– On se téléphone très bientôt, dit Jason, la main sur la porte.

Pas de réponse.

Il sourit, se retourna :

– Écoute, Julia, je regrette. Mais ce n'est pas moi qui décide. Je suis vraiment désolé. On reviendra vite.

Se découpant à contre-jour, Julia, les bras repliés autour d'elle, restait figée telle une statue.

Jason ouvrit la porte de la tourelle, sortit sur le palier et tendit l'oreille. Il perçut nettement le bruit de la télévision à l'étage du dessous. Leurs parents regardaient encore un film historique interminable.

– Tu les salueras de ma part, dit-il avant de s'éloigner.

– Jason ? murmura Julia, toujours immobile.

– Quoi ?

– Tâche de trouver ce Village qui meurt.

Il hocha la tête.

– Trouve l'Arcadie…, ajouta la jeune fille. Et la femme qui demande de l'aide.

– Compte sur moi.

Jason chercha à rencontrer le regard de sa sœur, mais, dans l'obscurité, il ne put même pas s'assurer qu'elle était tournée vers lui.

Alors, il se décida à avancer et parcourut une bonne moitié du couloir ; il se dressa sur la pointe des pieds pour saisir le crochet qui pendait du plafond. Il tira doucement dessus, faisant descendre la petite échelle qui menait au grenier. Il grimpa furtivement. Une fois dans la soupente, il remonta l'échelle et referma la trappe. Ensuite, en s'orientant de mémoire, il longea l'étroit passage ménagé entre les meubles entassés dans les combles et gagna le bureau de Pénélope Moore. Il ouvrit avec précaution la fenêtre de la lucarne et, d'un mouvement vif, sortit sur le toit. Il chercha à tâtons la corde qui permettait de refermer la fenêtre de l'extérieur et ferma aussi cette voie d'accès.

À l'air libre, il marcha à quatre pattes, en prenant soin de ne pas faire de bruit et de ne pas glisser. Il traversa sans hâte la totalité du toit, s'agrippa à la branche du sycomore et se hissa dessus. Même dans

le noir, ce fut un jeu d'enfant de trouver les encoches creusées dans l'écorce et de s'en servir comme prises pour atteindre le tronc, puis, de là, se laisser glisser à terre.

Il s'accroupit derrière les buissons, aux aguets. Il leva les yeux vers la maison. Julia l'observait depuis la tourelle. Il leva la main pour lui dire au revoir, même s'il n'était pas sûr qu'elle puisse le voir.

Il vérifia l'heure.

Minuit cinq.

Au fond du jardin, le signal ambré se balança une deuxième fois. Nestor s'impatientait. Jason partit dans cette direction en s'efforçant de courir sur l'herbe pour ne pas faire crisser le gravier.

Il déboucha à quelques pas du haut portail d'entrée de la Villa Argo, le dépassa et se retrouva sur la route. Le vieux side-car noir l'attendait, pareil à un gros cafard à la carapace luisante. Nestor, debout près de la moto, abaissa le phare voilé avec lequel il lui avait envoyé le signal de départ.

– On est en retard, dit-il d'emblée.

Il passa à Jason un casque d'aviateur à courroies en cuir qui se fermaient sous le menton. Il mit le sien et cala sur son nez une paire de lunettes qui semblaient sorties d'un film sur le Baron Rouge.

Jason se glissa dans le siège sur le côté de la moto, serrant son sac à dos au creux de ses genoux, tandis que Nestor se mettait au point mort pour descendre silencieusement la route de la falaise.

Minuit dix, lut Rick sur la montre de son père. L'ancienne gare, Clark Beamish Station, se trouvait à quelques centaines de mètres derrière lui, au bout d'une étendue envahie d'herbe. Le bâtiment était éteint, signe que Black Volcano était déjà sorti de chez lui.

Il restait encore dix minutes avant le départ, calcula le garçon.

– Pour Londres, murmura le jeune Banner, essayant de se préparer au voyage le plus long de toute son existence.

En attendant l'arrivée de Jason, il fit les cent pas avec nervosité. Il s'arrêta dans un coin obscur, loin des lumières des lampadaires, et patienta avec inquiétude. Il avait la nette sensation de transgresser un interdit.

Trois minutes plus tard, il entendit un bruit de pas et se retourna, plein d'espoir. Trois silhouettes approchaient dans le noir.

– Jason ? demanda le jeune rouquin, qui ne les distinguait pas bien.

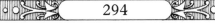

Il se détacha du mur et esquissa un pas vers les ombres. Mais pourquoi y en avait-il trois ?

Nestor avait peut-être fini par accepter que Julia parte avec eux ? À cette pensée, son cœur se remplit de joie.

– Julia ? Tu es là ?

Lorsque le trio s'engagea sous le halo lumineux du lampadaire, Rick comprit son erreur.

– Non, Banner, je ne suis pas ta Julia, ricana le petit Flint. Ni son ramolli de frère.

– Coucou ! ajouta le grand Flint avec une grimace. Surprise !

Le moyen Flint gloussa sans raison, suivant une vague idée apparue dans sa tête sans cervelle.

– Alors ? Qu'est-ce qu'on fait là, tout seul, dans le noir ?

La route défilait dans un sifflement.

Jason sentait s'infiltrer sous son casque l'air frais de la nuit, qui bourdonnait à ses oreilles. À côté de lui, Nestor était courbé sur le guidon du side-car, tel un soldat de la Seconde Guerre mondiale. Il roulait rapidement, enclenchant vitesse sur vitesse et faisant crisser les freins à chaque virage.

En quelques minutes, ils atteignirent le bas de la falaise de Salton Cliff, dépassèrent la maison du docteur Bowen et se rabattirent vers l'intérieur des terres, en laissant sur leur gauche les toits de Kilmore Cove.

Quand ils atteignirent l'esplanade de la gare abandonnée, Rick n'était pas là. D'un bond, Jason mit pied à terre et enleva son casque. Sans couper le moteur, Nestor braqua le rond lumineux du phare sur le mur du guichet.

– Tu as tout ce qu'il te faut ? demanda-t-il au garçon.

– Oui. Enfin, je crois.

– Pas de folies, surtout. Si, une fois là-bas, vous ne trouvez rien, rentrez tout de suite à la maison.

– J'ai confiance.

Nestor marqua une pause. Et puis :

– Les médicaments ?

– Je les ai.

– Le dictionnaire ?

– Je le sens rien qu'à son poids.

– Les marengos[1] d'or ?

– Ils sont là, répondit Jason, sortant une pièce d'or de sa poche.

---

1. Monnaie d'or pour célébrer la victoire de Bonaparte sur les Autrichiens à Marengo (14 juin 1800). *(N.d.T.)*

– Vas-y doucement avec mes économies, OK ? Tâche de ne pas tout dépenser.

Jason sourit en regardant autour de lui, à la recherche de son ami.

Nestor parut lire dans ses pensées.

– Allons, va ! Il reste quelques minutes. Connaissant Rick comme je le connais, il t'attend sûrement déjà sur le quai.

Ils se dirent rapidement au revoir. Jason se mit à courir, en sautant par-dessus les buissons. Il longea le bâtiment de la vieille gare et obliqua dans un sentier qui passait au ras des broussailles. Une fois de l'autre côté, il vit la locomotive qui haletait, tous feux éteints. À dix pas de lui.

Black Volcano se tenait debout sur le marchepied.

– Ça oui, c'est de la ponctualité ! Montez vite, les garçons ! cria-t-il.

Jason le rejoignit, à bout de souffle.

– Rick ?

– Il n'est pas avec toi ? demanda le vieux mécanicien à la barbe aussi rêche qu'un tampon à récurer.

– Non. Je le croyais déjà là.

Jason passa son sac à dos à Black, qui l'expédia à bord d'un geste machinal.

–Je ne comprends pas..., murmura le garçon.
Il n'était pas sur l'esplanade. Il n'est pas ici non plus.

Il voulut retourner en arrière.

–Hé! Où vas-tu? cria Black.

–Voir ce qui lui est arrivé.

Le mécanicien regarda l'heure.

–Treize minutes! précisa-t-il. Plus que treize minutes, et il faudra décoller d'ici, Covenant, sinon... rien à faire. Tu as compris?

–Rick habite tout près!

Black Volcano baissa les bras, impuissant. Jason s'était volatilisé.

–Dégonflé!

–Morveux!

–Mollasson!

Les cousins Flint lançaient leurs insultes à tour de rôle, en décrivant un cercle autour de Rick. Le grand et le petit étaient les plus menaçants; le moyen se contentait de glisser une réplique de temps à autre, en essayant de se donner des airs de dur.

–Tu ne devrais pas sortir de chez toi à une heure pareille...

–C'est pour les grands!

–Toi, tu n'es qu'un minus...

Rick se taisait. Il continuait à pivoter lentement sur lui-même. Il écoutait, réfléchissait, calculait.

Et il ne lui venait rien à l'esprit, sauf: «Eh, m...!»

– Tu sais qu'il me plaît ton sac à dos, rouquin?

– À moi aussi, il me plaît, cousin.

– Tu devrais nous le donner, Banner.

– Sinon, on sera obligés de se servir nous-mêmes.

Le grand Flint passa à l'offensive. Il se fendit, allongeant la jambe, les épaules et le bras pour attraper le sac de Rick. Celui-ci ne se laissa pas surprendre: il bondit en arrière et, utilisant son sac comme une masse d'armes, il frappa le grand Flint au visage. Ce dernier recula avec un grognement.

– Écoutez, les gars, dit alors Rick en les toisant tous les trois. Je n'ai pas envie de discuter. Laissez-moi tranquille, et je ne vous ferai pas d'ennuis.

– Ah, tu ne nous feras pas d'ennuis?

Les cousins Flint se rapprochèrent. Rick se retrouva dos au mur.

– Ce n'est pas très sportif. Vous êtes à trois contre un! lança-t-il, cherchant à piquer leur amour-propre.

Il regarda autour de lui en analysant les différentes solutions et décida d'agir.

– Ou plutôt, à deux et demi contre un! reprit-il.

Il se rua sur le petit Flint et le repoussa violemment. Celui-ci tomba, libérant une voie de fuite vers la gare.

Rick se jeta dans la trouée au pas de course, mais quelque chose de dur le cueillit à la cheville. Un tacle du grand Flint.

Le garçon aux cheveux roux perdit l'équilibre et roula à terre. Il sentit une douleur lancinante à l'épaule. Une seconde plus tard, les trois Flint l'avaient cloué au sol. Ils le traînèrent. L'un d'eux, sans doute le petit, lui arracha son sac à dos.

– Laisse ce sac !

– Tu n'as pas d'ordres à nous donner, Banner ! cria le grand Flint.

– C'est pas lui qui a dit ça, observa le moyen Flint.

Il y eut un instant de flottement.

– Comment ça, ce n'est pas lui ?

Rick profita de leur distraction pour expédier un coup de pied dans le tibia du Flint qui l'avait agrippé par les épaules et échapper à son étreinte.

– Laisse ce sac ! cria encore la voix.

– Hé, qu'est-ce qui se passe ? fit le petit Flint en regardant autour de lui. Qui a parlé ?

Un petit objet brillant fendit l'air et atterrit au milieu d'eux en roulant sur les pavés.

– Mince ! Une pièce d'or ! s'exclama un des cousins.

Le petit Flint relâcha sa prise sur le sac, ce qui permit à Rick de le récupérer.

– Elle est à moi ! hurla-t-il. Je l'ai vue le premier !

– Non ! Elle est à moi !

– Une pièce d'or !

En un rien de temps, ce fut la mêlée : les trois cousins se disputaient la pièce d'or. Ils avaient oublié le garçon aux cheveux roux.

Rick se retourna. Une ombre avait surgi près de lui.

– Tout va bien ?

C'était Jason, qui ajouta :

– Il nous reste moins de quatre minutes.

– Alors, on fonce !

Quand ils rejoignirent le quai, la locomotive du train Clio 1974 hennissait comme un poulain surexcité.

– Du nerf ! cria Black, penché sur le marchepied, lorsqu'il vit débouler Rick et Jason. Il faut partir !

La vieille locomotive rugit dans un nuage de vapeur. Ses grandes roues de fer se mirent en mouvement.

Rick et Jason redoublèrent de vitesse. Jason arriva au niveau du marchepied, agrippa la barre latérale et monta. Puis il se pencha pour aider Rick, qui courait encore.

Rick lui lança son sac à dos.

– Vas-y ! Saute ! lui hurla Jason en essayant de saisir aussi son ami.

La locomotive accélérait. Le quai de la vieille gare se terminait juste quelques mètres devant Rick. Il accéléra.

– FONCE ! hurla Jason.

Parvenu au bout du quai, Rick bondit.

Le train sifflait, les roues arrachaient des étincelles aux rails. Rick effectua deux foulées aériennes et agita le bras au petit bonheur la chance, à la recherche d'un appui, enveloppé par la vapeur et la fumée que le moteur libérait...

– Je te tiens ! exulta Jason en l'agrippant par la main.

Rick se cogna brutalement contre le flanc de la locomotive, son genou heurta le marchepied, mais il garda son équilibre. Et réussit à se hisser sur la machine.

– C'était moins une..., murmura-t-il en mettant les pieds à bord.

– Toujours en retard, vous deux ! rugit Black Volcano qui leur tournait le dos, au milieu des leviers et des commandes de son invraisemblable engin. Ah, les jeunes d'aujourd'hui !

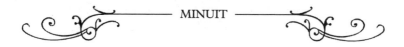

Les deux amis sourirent et se laissèrent glisser à terre, éreintés.

– Mettez-vous à l'aise ! lança encore le mécanicien, faisant filer sa vieille machine sur une voie qu'elle n'avait pas parcourue depuis vingt ans. Si tout va bien, on sera à Londres dans quelques heures !

Certaines personnes prétendirent avoir vu cette nuit-là quelque chose d'incroyable. Mme Carton, qui habitait à quelques mètres de la vieille voie abandonnée de Penzance, jura qu'elle avait d'abord entendu le sifflement d'un train et que, s'étant levée pour boire un verre d'eau, elle avait vu filer à toute vitesse devant la fenêtre de sa cuisine une locomotive à vapeur crachotante qui allait d'ouest en est. Elle raconta aussi que deux garçons, devant une portière ouverte, l'avaient saluée. Personne ne la crut.

Le passage de la locomotive fut aussi remarqué à Southampton, et un journal d'étudiants, le *Ufo Today* – « Les ovnis aujourd'hui » – publia un petit article au titre inquiétant : *Les extraterrestres débarquent-ils en train ?*

Selon le journaliste, qui signait sous un pseudonyme, des dizaines de témoins étaient prêts à attester les phénomènes étranges qui s'étaient produits dans la nuit du jeudi, entre trois heures et demie et quatre

heures du matin : un sifflement de train lointain et menaçant, un nuage de vapeur gris anthracite, et puis le passage rapide, trépidant et complètement inattendu d'une locomotive qui avait au moins soixante ans d'âge.

Plusieurs mois après les faits, un préposé à la manutention de la gare de Charing Cross, M. Hugh Pennywise, avouerait à sa femme qu'il avait vu, ou cru voir venir le long des rails désaffectés, une locomotive à vapeur. De mémoire, aucun convoi n'avait emprunté cette voie depuis au moins 1956. Cette locomotive avait surgi tous feux éteints, sans bruit, s'était faufilée entre des trains ultramodernes à l'arrêt, pour se garer devant un quai vide. Deux garçons, sacs à dos sur l'épaule, en étaient descendus. Ils avaient salué le mécanicien, un homme à longue barbe noire, et s'étaient dirigés vers le centre de la gare comme si de rien n'était. Sans doute était-ce, avait supposé Hugh Pennywise, deux fils de milliardaires qui s'étaient payé le luxe d'un train personnel.

Puis la locomotive était repartie en sens inverse et avait disparu. Comme si elle n'avait jamais existé. Tel un fantôme.

Chapitre 23

Cris à Venise

Tommaso Ranieri Strambi entendit les premiers hurlements alors qu'il se trouvait encore sur le petit pont de la fondamenta di Borgo. Terrorisé, il s'élança au pas de course.

C'était la mère d'Anita qui criait, et ses appels venaient de la maison des Monstres, en deçà des fenêtres condamnées et du toit brûlé couvert de bâches en plastique.

« Vite, Tommi, vite ! » se dit le garçon tout en courant.

Mais, quand il fut assez près, il se rendit compte qu'elle n'appelait pas au secours. Elle semblait plutôt en colère.

Tommi ralentit et écouta.

– Mais ce n'est pas possible ! hurlait la restauratrice. Ce n'est pas possible ! Comment je vais faire, moi ?

À travers le portail entrouvert, Tommi reconnut le bruit des échafaudages métalliques qui tremblaient sur leur base. Jetant un coup d'œil à l'intérieur, il aperçut la jeune femme qui descendait l'escalier. Il recula d'un pas ou deux et fit semblant d'arriver à l'instant même.

– Oh, salut, Tommaso ! lui lança-t-elle d'une voix précipitée.

Elle était maculée de chaux.

– Bonjour, madame. Que se passe-t-il ?

– Une catastrophe, tu sais ce que ça veut dire ?

– Il est arrivé quelque chose à Anita ?

Mme Bloom chercha la clef qui fermait le cadenas, mais elle était trop énervée pour la trouver.

– Je peux vous aider ? proposa Tommi.

– Oui, merci. En fait, puisque tu es là, ferme tout et rejoins-moi à la maison, d'accord ?

– D'accord. Mais… vous disiez qu'Anita… une catastrophe…

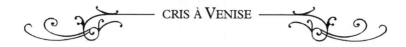

– Quoi, Anita ? Oh non ! Ça n'a rien à voir avec elle... Il est arrivé un désastre avec le vernis pour les fresques. Au lieu de le livrer ici, ils l'ont apporté dans la maison où nous habitons !

Tommaso poussa un soupir de soulagement :

– Ils se sont seulement trompés d'adresse, alors ?

– Seulement ? Tu trouves que ce n'est rien ? Maintenant, il faut que j'aille les convaincre de me le rapporter ici en bateau !

– Au pire, je peux vous donner un coup de main pour le transport.

– De cinquante kilos de vernis ? Attention, tu viens de t'engager !

Tommaso sourit :

– Ne vous tracassez pas pour ça. Dites-moi plutôt si vous avez des nouvelles d'Anita !

– Elle devrait arriver cet après-midi.

« Bizarre, pensa Tommi. Elle ne m'a même pas envoyé de message ! »

– Je file à la maison, lui dit Mme Bloom. Tu fermes tout bien comme il faut et tu me rejoins, OK ?

Le garçon hocha la tête. Il la regarda s'éloigner, puis il leva les yeux vers la maison des Monstres.

Et un frisson le parcourut.

Il détestait la maison de Morice Moreau! Il la détestait de toutes ses forces. Pourtant, il se força à entrer. Une fois à l'intérieur, il poussa la porte de façon que, du dehors, elle ait l'air d'être fermée. Ensuite, il monta l'escalier avec la plus grande prudence. Son regard s'attardait sur les fresques mystérieuses du peintre français.

– Pourquoi as-tu peint tout ça, hein? lança-t-il à la cantonade.

L'écho lui renvoya sa question.

Tommi atteignit le haut de l'escalier. Là, quelques jours plus tôt, il avait trouvé Anita et Mioli. La porte de l'atelier de Morice Moreau était fermée. Il l'ouvrit, entra dans la pièce et s'interrogea.

– Pourquoi ça a brûlé? demanda-t-il aux ruines qui avaient résisté au feu.

Il repéra le petit singe peint sur le mur et lui adressa la même question.

Il contempla ensuite les toits irréguliers de Venise, qui se succédaient jusqu'à la lagune, et le canal inondé de soleil.

– Comment peut-on provoquer un incendie?

Mettre le feu était un acte démentiel.

Une peur étrange s'empara de lui à cette pensée.

Il referma la porte, dévala l'escalier quatre à quatre et regagna le rez-de-chaussée.

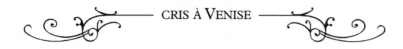

Là, il s'arrêta net.

Le portail était entrouvert.

Quelqu'un était entré.

Tommi se retourna, balayant du regard le jardinet intérieur de la maison, avec sa tonnelle de glycines.

La respiration lui manqua.

L'homme au chapeau melon et au parapluie était assis à la petite table. Et il l'observait.

Les clefs se mirent à cliqueter dans la main de Tommi. Il avança d'un pas.

– Qu'est-ce que vous faites ici ? demanda-t-il en essayant de dominer le tremblement de sa voix. Vous n'avez pas le droit d'entrer ! C'est une propriété privée. J'appelle la police, moi !

L'homme enleva son chapeau et le posa délicatement sur la petite table.

– Que de hâte, Tommaso Ranieri Strambi ! Que de hâte ! De quoi t'inquiètes-tu ? Il n'y a que toi et moi, ici.

– Comment connaissez-vous mon nom ? Allez-vous-en !

Bip bip, fit le téléphone portable de Tommi, dans la poche de son pantalon.

Ce bruit si inattendu lui sembla irréel.

– Tu as reçu un message, remarqua l'homme au chapeau melon. Réponds. C'est peut-être ton amie Anita qui nous annonce son retour.

– Allez-vous-en...

D'un bref signe de tête, l'homme signifia qu'il ne s'en irait pas. Il souleva son parapluie, le pointa vers le haut et en fit pivoter le manche. Une flamme de plus d'un mètre de longueur jaillit de la pointe en fer. Quand le feu s'éteignit, Tommi était à terre. L'épouvante l'avait précipité au sol. Les glycines brûlaient, crépitant doucement.

L'Incendiaire était maintenant debout devant lui.

Il s'était déplacé beaucoup plus vite que Tommi ne l'en aurait cru capable.

C'était donc pour ça qu'il les avait semés, quelques jours plus tôt. Il était *diablement rapide*.

– Alors... mon cher Tommaso..., siffla l'homme, nous devrions avoir une petite conversation, tous les deux, tu ne crois pas ?

Tommi voulut s'enfuir, mais, une fois de plus, l'Incendiaire le surprit par sa vélocité : une seconde plus tôt, il se tenait devant lui, la seconde d'après, il lui barrait la route du portail.

Levant son parapluie, il ordonna :

– Donne-moi immédiatement ton téléphone.

Tommi recula et se retrouva vite le dos au mur.

Il fixa la pointe noire du parapluie, d'où avaient jailli les flammes.

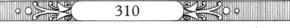

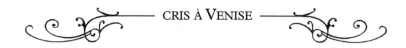

Il sortit son portable, lentement. Et vérifia les messages.

Il y avait vraiment un SMS d'Anita.

Je ne rentre pas à Venise. Nous partons en France, à Toulouse, pour chercher le Village qui meurt. Ne dis rien à ma mère.

Tommi le lut d'un trait et l'effaça.

Puis il fixa l'Incendiaire, à quelques pas devant lui.

– Que dit-elle ? demanda l'homme.

– Ça ne vous regarde pas, répliqua Tommaso.

L'Incendiaire flanqua un coup de parapluie sur le téléphone, le récupéra par terre et consulta l'écran.

– Tu sais quoi ? murmura Eco en s'apercevant que le message avait été supprimé. Tu es dans un sale pétrin, maintenant, mon garçon.

À suivre...

Table

ULYSSE MOORE

1. LES CLEFS DU TEMPS

Kilmore Cove, Cornouailles. Jason et Julia emménagent dans la Villa Argo, une immense maison construite sur la falaise et gardée par Nestor, un vieux jardinier peu bavard... Accompagnés de leur ami Rick, le frère et la sœur décident d'explorer les lieux et découvrent une porte à quatre serrures. Curieusement, aucune clé ne peut l'ouvrir...

2. LA BOUTIQUE DES CARTES PERDUES

Jason, Julia et Rick ont franchi la porte du temps et se retrouvent en Égypte pharaonique, dans le pays de Pount. Les trois aventuriers sont à la recherche d'une carte mystérieuse. Seul l'étrange propriétaire de la Boutique des cartes perdues connaît l'indice qui les mettra sur la piste...

3. LA MAISON AUX MIROIRS

À Kilmore Cove, il se passe des choses bizarres... Jason, Julia et Rick vont enquêter dans les environs, notamment dans la Maison aux miroirs, la mystérieuse demeure de Peter Dedalus, un inventeur de génie disparu depuis des années sans laisser de trace. En apparence, tout du moins...

4. L'ÎLE AUX MASQUES

Jason, Julia et Rick embarquent pour la Venise du XVIIIe siècle. Ils sont à la recherche de Peter Dedalus, l'horloger de Kilmore Cove. Lui seul connaît le moyen de contrôler toutes les portes du temps. Les trois enfants doivent faire vite : l'impitoyable Olivia Newton est déjà sur ses traces...

5. LES GARDIENS DE PIERRE

Jason, Julia et Rick sont sur la piste de Black Volcano, l'ancien chef de gare de Kilmore Cove, qui se serait volatilisé avec la fameuse Première Clé. Mais les embûches sont nombreuses... Les enfants vont devoir explorer l'étrange gare désaffectée de Kilmore Cove et se laisser emporter par une locomotive à vapeur jusque dans les entrailles de la Terre...

6. LA PREMIÈRE CLÉ

C'est l'heure de vérité ! Les enfants vont enfin obtenir des réponses à leurs questions et pouvoir connaître la véritable identité d'Ulysse Moore. Rick découvre en effet que le propriétaire est vivant et qu'il habite à la Villa Argo. Mais nos héros n'ont toujours pas trouvé ce que tout le monde convoite : la Première Clé, la seule capable d'ouvrir toutes les portes du temps. Les jumeaux, Olivia et Manfred, sont partis à sa recherche au Moyen Âge et ils n'arrivent plus à rentrer...

Mis en pages par DV Arts Graphiques à La Rochelle,
cet ouvrage a été achevé d'imprimer
en novembre 2010
par Legoprint à Trente
pour le compte des Éditions Bayard

Imprimé en Italie